她是孤身一人來到紅塵中拚搏的女子，外表纖弱，內心堅毅，
雖不是國色天香，卻能在自己的舞台上顛倒眾生！

7/19 出版

文創風 031 **青妤記** 6之2〈春心初動〉

妳不放棄，就沒人能勸妳放棄，也沒人能阻攔妳的前程！

這些年來，花子妤努力扮演好婢女的角色，討得了塞雁兒的歡心，
一次因緣際會，姊弟倆結識了右相嫡孫諸葛不遜與薄鳶郡主，結下不解情誼。
終於機會來了，為了在貴妃壽宴上的表演讓人耳目一新，
班主舉辦公開擂台賽，三等以下弟子都能參加比試，勝者可在壽宴上演出，
這是新人出頭的絕佳機會，或許也是子妤僅有的一次機會了。
虧得當初害她落選的唐虞，這回倒是全力相助、傾囊相授，
不但為她改編新戲，還親自下場指導排練，琢磨唱段、下腰看護，
對於從小練功與師兄弟姊妹肢體接觸，子妤從不覺得害羞尷尬，
然而今夜，當唐虞的手攬住她的腰肢，自己的雙手環在他後頸處時，
子妤頓覺心跳怦怦，全身酥麻難忍，無法自制，
好像一顆被播撒下去的種子，漸漸破開心防，隨時都會萌芽成長，
可眼下最重要的是擂台比試，這是向「大青衣」邁進的關鍵時刻，
她不能先亂了心、壞了大事，更何況那唐虞……
哎！花家班兩大戲伶已對他頻頻關注了，自己還去攪和什麼呢？

2012/7/2 狗屋網站【先讀為快】敬請期待！

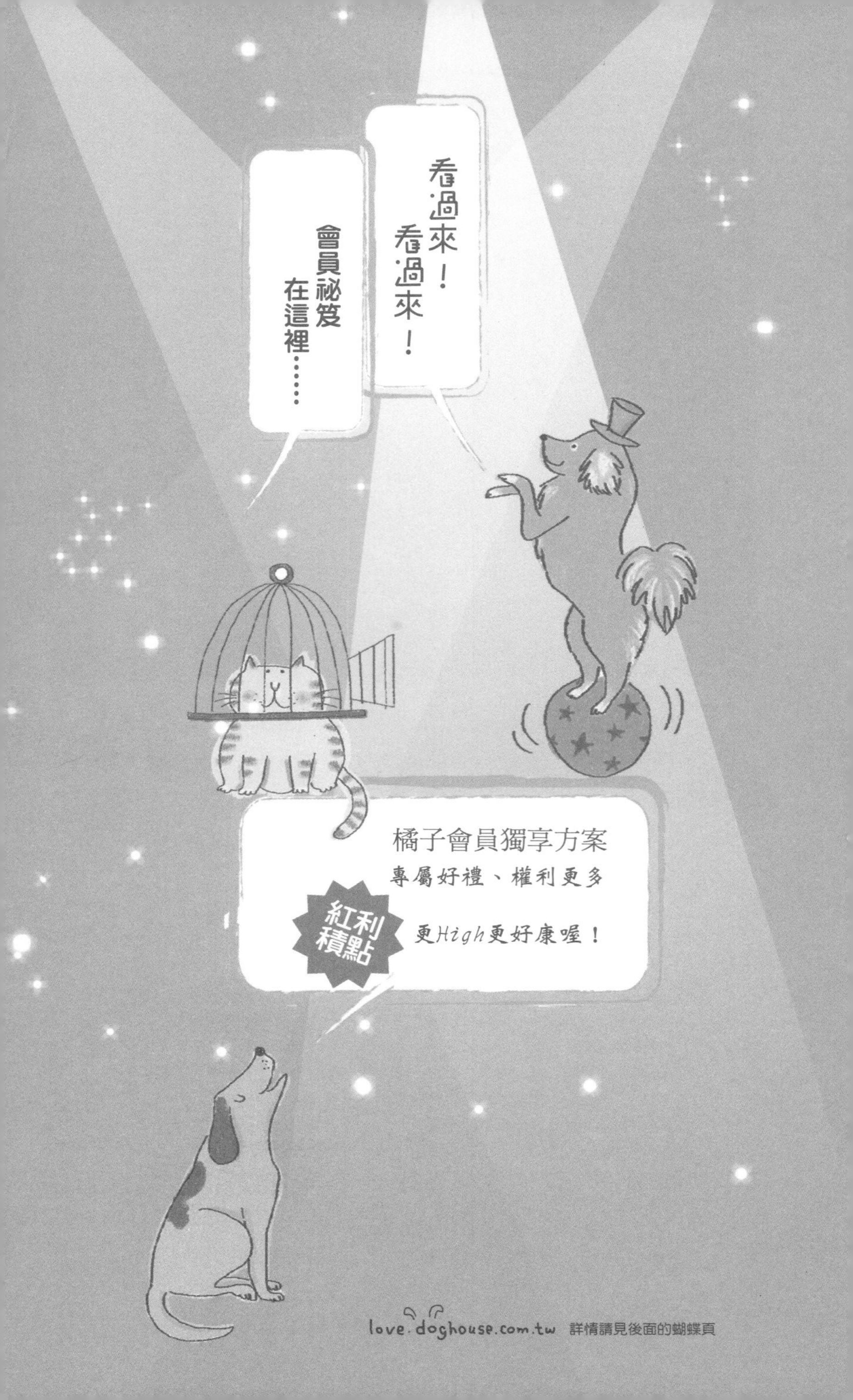
看過來！看過來！
會員祕笈在這裡……
橘子會員獨享方案
專屬好禮、權利更多
紅利積點
更High更好康喔！
love.doghouse.com.tw 詳情請見後面的蝴蝶頁

花蝶系列 1528

你家就是奴家

【作者】淘淘

狗屋

Doghouse 的由來

有一句俚語：

金屋（窩）銀屋不如你的**狗屋**

其實整句話就是做你自己的意思

別人的標準不一定適合自己

狗屋再雜再亂也是自己的Style

其實**狗屋**文化就是每個人的人生寫照

興趣如瞳孔放大不用時時集中

目標常常想向人生高處晉昇

偶爾也興致勃勃向人生低處探險

求知和放鬆想同時發生

狗屋不是一個好笑的名字

狗屋是一種精神和理想

我們可以從古文經典中活生生剪下兩個字下來

但與我們的現今生活毫無交集

狗屋出版社

希望每一本書都是從自己出發

接受了自己也就能接納別人

每一個人的靈魂都能祥和與平靜

love.doghouse.com.tw

花蝶系列1528

你家就是奴家

狗屋出版
定價:新台幣190元
劃撥帳號:19001626
http//:love.doghouse.com.tw
E-mail:love@doghouse.com.tw

著作者……淘淘
發行所……狗屋出版社有限公司
地址……台北市104中山區龍江路71巷15號1樓
電話……02 27765889~0
發行字號……局版台業字845號
法律顧問……蕭雄淋律師
總經銷……知遠文化事業有限公司
電話……02 26648800
初版……一〇一年六月
國際書碼……ISBN-13 978-986-240-845-2

歡迎各路人馬踴躍投稿！

無論妳是身經百戰的沙場老將，想要重起爐灶；

又或是陷入進退兩難的僵局，想另闢新戰場；

又或是純粹想尋找另一片全新的舞台，

盡情揮灑妳的夢想，

只要妳能寫出動人美麗的愛情故事，

狗屋/果樹的大門，永遠歡迎妳！！

投稿 圓夢 注意事項：

* 字數限制：9萬～11萬字〈算法為行數×字數×總頁數。以Word為範例，則每頁可設定32行*35字=1120字，字體級數設定12級，80頁～98頁皆達字數標準。〉
* 投稿格式：電腦列印或手寫稿均可。不接受磁片和 e-mail 投稿。
* 回覆時間：自本社收到稿件日起算約四週內。若為**言情界資深寫手**請先致電本社圓夢熱線02-27765889#222呂主編，本社可另以特殊專案處理。
* 請自留底稿。如不採用，恕不退件。需退稿者請自附回郵。
* 想知道更多投稿細節，請上狗屋網站首頁 love.doghouse.com.tw 或點選下列網址了解更多詳情：http://love.doghouse.com.tw/contact/feedback.asp#hi1。

新書預告

相思天下②

雕龍

【作者】舒莉

幼時，他不明白為何父王特別寵他，母后雖是溫柔卻不親近，
而一起長大的皇兄視他如敵，處處不相讓；
以為母后偏心兄長、父王偏愛自己，怎知他其實並非兩人親生，
身分更是秘密！既然如此，他便該奪回屬於自己的一切——
多年的精心安排佈置，終於到了要收網之時，卻殺出個程咬金！
這南襄公主竇未央不知是會壞了他計劃，還是助他一臂之力，
他還分辨不清，她已用笨拙傻氣的方式闖入他晦暗深沈的心，
他不及抵抗，便讓她全面佔領，情潮洶湧而來，即便計劃已亂，
執著如他也絕不放手，該他的和他要的，他勢在必得，
哪怕有朝一日她察覺他的身分和別有用心，也離不開他……

超級新星

花蝶系列 1532

新　書　預　告

愛你，純屬意外

【作者】倪瑄

姚采婕第一眼看見這個俊秀斯文的男人，她就覺得礙眼；
像他這樣出色的男人，臉上居然有個唇印，真讓人看不下去，
她雞婆地遞上手帕，提醒他擦掉，她……又多事了！
這個多事為她惹上接下來的麻煩，
想找個相親代打的，他自告奮勇假扮她男友矇騙爸媽過關，
看起來這應該是好事，但他居然是她任職公司的大老闆，
厚！他也不早說，早說的話她敢這樣「使用」他嗎？
這天大的恩情叫她怎麼還啦！果真他說要簽她為公司賣命十年，
哼，薪水加倍她才考慮，他卻又說如果是給老婆家用那還太少！
這男人莫非急著想婚？說話這麼寵女人，他究竟有何企圖啊……

狗屋出版
定價：新台幣190元
總經銷◎知遠文化事業有限公司
電話：02-2776-5889　網址：love.doghouse.com.tw

2012年6月起

浪漫世代，驚爆愛謎蹤

ROMANCE AGE, LOVE EXPLODED

ROMANCE AGE

186

走過五月雪桐花季的浪漫，六月愛紛飛的夏之夜喧嘩登場！

J.D.羅勃《驚爆謎蹤》

新書預購組合「嫁」，引爆今夏最璀璨的愛情！

【時間】：2012年6月11日到2012年6月30日止

【預購優惠】

▶▶▶ 預購RA186《驚爆謎蹤》新書＋以及下列任一本J・D・羅勃書 = 400元

004 光之鑰・014 知識之鑰・030 勇氣之鑰・034 太陽寶石・042 月亮的眼淚・056 碧海之心・096 赤裸謎蹤・108 名流謎蹤(絕版)・118 幻癮謎蹤・130 狂喜謎蹤・142 邪祭謎蹤・154 復仇謎蹤・166 假期謎蹤・176 陰謀謎蹤・186 驚爆謎蹤

【預購加碼禮】 隨機抽獎贈送太空瓶水壺（定價149），共計6名

【抽獎日期】 民國101年7月9日

【得獎名單公布】 民國101年7月16日

【備註】 未滿1000元需付55元郵資

為流浪貓狗加油

和貓寶貝　狗寶貝

廝守終生(一定要終生喔！)的幸福機會

對人來說，貓寶貝狗寶貝只是生活的一部分，但妳(你)對牠們來說，卻是生活的全部，領養前請一定要考慮清楚——

▲請給吉利一個新家！

性　　別：男生

品　　種：米克斯

年　　紀：七至八個月

個　　性：活潑愛玩

健康狀況：已施打第二劑預防針，已結紮，犬瘟、腸炎檢測皆為陰性

目前住所：台北市內湖區

本期資料來源：台灣認養地圖http://www.meetpets.org.tw/node/20013

『吉利』的故事：

吉利在去年十二月時被帶進收容所，天性樂觀的牠完全不知道自己的生命正在倒數中，總是笑臉迎人，然而收容所生活環境惡劣，畢竟不是永遠的安身立命之處，吉利在裡面吃得不比別人少，但卻一日日的消瘦，接著發現牠便便裡有血、開始咳嗽，毛色也益發黯淡，甚至開始出現了大量掉毛的現象！

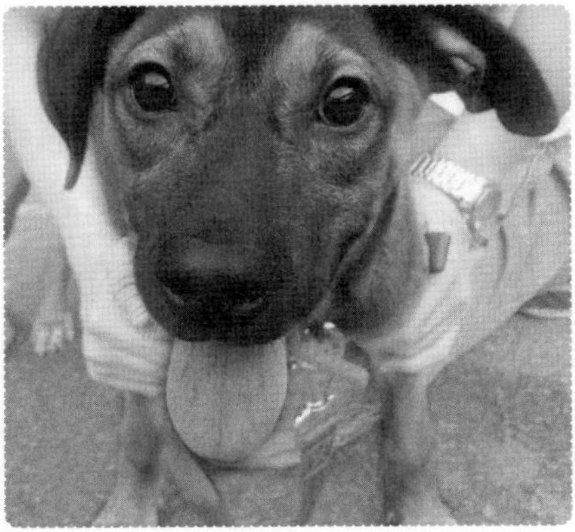

幸好吉利運氣不錯，遇見好心的中途馬麻將吉利救出並帶回家照顧，吉利剛出收容所時竟瘦成只剩三公斤的皮包骨，原本活潑開朗的牠變得虛弱不已。經過獸醫檢查，發現吉利毛病不是普通的多，球蟲、梨形鞭毛蟲、肺炎、缺鈣、黴菌通通上身，但也幸好沒有罹患最嚴重的犬瘟及病毒性腸炎，經過了中途馬麻三個月的細心照顧，現在終於完全康復嘍～～在中途家中吃好睡好的牠，現在都長出小肚子了呢！

吉利個性親人，還是個小孩子的牠非常好動又熱情，而且很懂得察言觀色，聰明機警反應快，和牠相處過的人無不被牠的可愛征服。如果你願意帶吉利回家，負起照顧牠的責任，請來信至starhugo@iyw.tw，於標題註明「認養吉利」，並附上您的姓名、e-mail、連絡電話及認養理由，謝謝。

認養資格：

1. 認養者須年滿20歲，並獲得家人與同住室友的同意。
2. 須簽訂愛心認養同意書，並同意接受送養人日後之追蹤、探訪。
3. 定期施打預防針、定期除蚤，且每半年驅一次體內寄生蟲。
4. 能有足夠時間陪伴狗狗，不因莫名其妙的理由棄養。

來信請說明：

a. 個人基本資料：姓名、性別、年齡、家庭狀況、職業與經濟來源等。
b. 想認養吉利的理由。
c. 過去養寵物的經驗，及簡介一下您的飼養環境。
d. 若未來有結婚、懷孕、畢業、出國或搬家等計劃，將如何安置吉利？

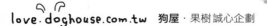

第一章

席蒔香進文府當奴婢是居心不良的。她聽說富貴人家油水多，隨便撈個渣籽，下輩子就不用愁了。

「……尤其是廚房採辦，那油水可多了，奶奶大爺們吃燕窩，咱們也能跟著喝兩口是吧，然後嘴巴甜一點，逗得他們開心了，再賞妳幾個銅錢，那日子可好過了……」

王嬸左一句右一句，說得天花亂墜，只差沒把文府說成天宮，席蒔香聽著心動，就這麼進了文府當差。

她簽的並非死契，而是三年契，在廚房幫王嬸打下手，原本這等好事是落不到自己頭上的，偏王嬸想找的人一個在病中，一個婆婆不贊成，然後她才想起蒔香的嬸嬸周宛蓮。

王嬸與周宛蓮是兒時玩伴，只是八歲時家貧被賣進文府當奴婢，偶爾回村探望時，也會到周氏那兒坐坐。

在文府裡熬了三十年，王嬸也算苦盡甘來，如今在太太、奶奶面前都算說得上話的人，這次廚房補缺，大太太沒安插自己的人，反而讓她來安排，可見對她的信任。

周宛蓮其實挺想進府當差的，可她身子近來也有些不好，再加上兒子幾個月後要娶媳婦，分身乏術，於是就把蒔香推了出去。五年前，蒔香的娘過世後，三姊弟便到伯父家蹭飯，如今堂兄要娶媳婦，家裡開銷增多，周氏的臉色便有些不好，蒔香豈會不明白伯母的心思，便順水推舟答應了。

在廚房工作雖然不輕鬆，不過油水確實不少，光是採辦日常肉食蔬果，就能撈上一筆回扣，再遇上逢年過節、大節小慶，甜頭更是多。

當初說好了，月薪一兩，額外的就看福分了。

所謂的「福分」主要指主子的賞錢，還有從買菜錢裡扣下的、廚房裡婆子大娘讓妳跑腿辦事的，甚至在園子裡撿到的木簪等等，不一而足。

因此第一個月領到快二兩銀子時，她高興地簡直要飛天了——二兩銀子可夠一家五口生活一個月。
如今，她又多兼了一份新差事：幫府上的七姑娘減肥，務必讓她在半年內恢復窈窕身段。
「呼、呼……等等，我……我跑不動了……」
七姑娘喘吁吁地停下，跑在前頭的蒔香回身來拉她。「別停，用走的也好。」
「我不行了……」
「我知道，沒讓妳跑，只是大夫說過，別跑著跑著就忽然停下來，對身體不好，得慢慢走著才不會難受。」
「我忘了。」七姑娘文青靈掏出手巾擦拭臉上的汗，慢慢地往前走。
身後兩名奴婢見小姐停下了，趕忙端著水上前。「小姐，喝點水。」
「喝慢點。」蒔香叮嚀。「在嘴裡含一會兒再吞下。」
「去前頭的亭子歇會兒吧。」奴婢海棠說道。
「不行，才活動一刻鐘，起碼得再一刻鐘才能歇息。」蒔香搖頭拒絕。
「妳沒瞧見小姐已經喘不過氣來了嗎？」另一名奴婢桃花沒好氣地說。
蒔香認真地左看右看。「有嗎？我瞧著挺好。」

「妳眼睛瞎了——」

「桃花，別說了。」文青靈揮了下手巾，示意兩人退下。

「小姐……」

「萬事起頭難，就算不跑也得再走一刻鐘，讓身體出出汗。」蒔香堅持道。

「蒔香說得有理，妳們退遠點。」文青靈說道。

桃花不情願地還想說什麼，讓海棠瞥了一眼，也沒敢再說，乖乖地退到後頭去。

蒔香邊走邊道。「還是小姐明理。妳別怪我太過嚴厲，大夫說了，只要在飲食與身體勞動上調整，就能讓身子瘦下來。」

「我知道。」文青靈擦拭頸子。「只是一身汗，又累……」

「習慣就不累了。」蒔香說道。「我一開始在田裡幹活的時候也累，習慣就好了。」

文青靈貪吃又不喜動，也難怪會胖，小時候圓潤時看著可愛，但如今都十五了，卻還是胖乎乎的，比其他姑娘胖了快一倍，前兩年還能說是豐滿圓潤，現在只能用癡肥二字形容。

她也不是沒想過要減重，只是毅力不足，好不容易減食瘦了幾斤後，又受不了每餐青菜豆腐餓肚子的滋味，不久自然又回到老路子，最後減掉的肥肉回到身上不說，還多了其他肥肉，經年累月下來，就成了個胖姑娘。

如今她已及笄，母親開始為她的婚事犯愁，原本想把她說給黃家二公子，誰料那二公子聽聞風聲，竟說她胖如母豬，他又不是養豬戶，帶豬回家做什麼？這譏笑的話語沒幾天就傳遍大街小巷，文青靈哭腫雙眼，想死的心都有了。

黃府的人拎著鼻青臉腫的二公子登門道歉，讓大太太文連氏給轟了出去。文連氏也是個福態身材，雖然精明能幹，頗得大老爺敬重，卻不受寵，納的兩個妾都是柳腰纖瘦的美人兒，就知道文連氏不對大老爺的「胃口」。

見文青靈低著頭，眉心微擰，蒔香曉得她定又想到那些傷人的話語，正想說些話轉移她的注意，恰巧瞧見一抹身影從林子小徑一頭走來。

「是五少爺。」蒔香對七姑娘說道。

七姑娘抬頭綻出笑臉，待人走到面前才出聲喊道。「五哥。」

文青靈上頭有兩個兄長，都是一母所生，在文府排行老大與老五，老二至老四則是二房與三房所出。

大太太雖生了一個胖女兒，可兩個兒子都肖似父親，瘦長俊秀，而且風度翩翩，氣質出眾。

進文府一個月，這是蒔香第二次見到五少爺。

第一次是兩天前大夫人喚她到偏廳問話時，文丞佑正好在場，兩人打過照面但不曾交談，互相見禮後他就走了。

她只曉得他是大太太的二兒子，不過在府裡排行第五。因文府是個大家族，大房、二房、三房全住一塊兒，所以男丁排序是三個房順著排下來的。

王嬸說五少爺自幼聰穎，很會讀書，半年前一舉中第，老太爺、老太太高興得合不攏嘴，如今他賦閒在家，等待戶部的任命文書。

據說文府幾代前是有爵位的，曾曾祖父因功在社稷，皇上賜為永寧侯，不過不能世襲，說穿了就是名號大於實質，幸好文家人爭氣，代代都有人為官，幾代傳承下來，也稱得上是官宦之家。

「五少爺。」蒔香福身問候。

文丞佑點頭還禮。蒔香雖然穿著文府規定的藍布衣裳，卻不是簽死契賣身的下人，所以行為舉止與常人無異，瞧見府裡的老爺夫人、公子小姐，雖會行禮，但並無奴僕小心翼翼、深怕犯錯的謹慎氣質，行禮完便睜著一雙大眼睛打量，不會低頭迴避主子的視線。

蒔香的五官不似一般女子秀氣，雙眼大而有神，眉目間帶著一絲爽朗與英氣，言行舉止大方俐落，甚至有點男孩子氣，與大家閨秀的溫婉端莊截然不同。

前兩天在偏廳見到時，就覺得她的舉措不像府上的奴僕，當時是王嬸帶她進屋的，他也沒多想，文府上上下下就有百多人，一、兩個月就會有人事變動，不是年紀大的奴婢要放出去了，就是有新的奴婢小廝遞補進來，再不就是哪個婆子生病，請了人遞補，各種情況都有，內宅一向都是母親在打理，事務繁多，他自不會去過問。

不過剛剛臨出門前聽到小廝說七姑娘在園子裡跑步，還有個凶巴巴的村姑拿著竹條在後頭吆喝，像在趕牲口似的，他大吃一驚才趕過來瞭解。

但見文青靈只是喘了點，沒任何不妥後，文丞佑放下一顆心，笑道：「妹妹穿短褐還真是英姿颯爽。」從沒見過妹妹穿短襦搭長褲，看著倒挺俐落。

文青靈扯了下嘴角。「五哥又打趣我。」她一個胖丸子，能穿出什麼威武英姿來？

見七姑娘垂頭喪氣，神色黯淡，蒔香一個箭步上前，在她背後拍了下。「背要打直看著才精神。」

見她沒大沒小地拍上妹妹的背，文丞佑吃驚地看著她，文青靈倒像是習慣了一般，也沒生氣，腰桿挺直了些。

「是了，這樣精神好，頭別低，朝前看。」蒔香滿意地點頭。

文丞佑忍不住插嘴。「姑娘家怎可這樣——」

「五少爺，你過來。」蒔香打斷他的話，朝外挪了幾步。

從沒女人這樣對他下號令，文丞佑蹙緊了眉頭。深怕兄長誤會蒔香，文青靈忙道：「蒔香就是說話直了些，她沒惡意的……」

「七姑娘，我跟妳哥說話，妳別偷聽。」蒔香拉開一段距離後，納悶地望著站在原地不動的文丞佑。「五少爺你怎麼了，怎麼不過來？」

文丞佑陰下臉，正想說她沒規矩，文青靈低聲懇求。「五哥你別生氣，蒔香很好的，你別把她趕走。」

「妳就是性子太軟……」

「五哥……」

「好，我不為難她。」文丞佑示意她稍安勿躁，紆尊降貴地走到蒔香面前，還沒來得及開口，蒔香已經先說話了。

「太太把調教七姑娘的任務交給我，還請少爺以後不要干涉或質疑我的話。」蒔香覺得自己已經說得挺委婉的，可在文丞佑耳中聽來仍是刺耳。

「母親怎會把七妹妹交託與妳，妳一個村姑能教她什麼？」文丞佑不悅道。

蒔香冷笑地看著他不屑的神情。「說我之前五少爺怎地不先檢討，你要厲害怎麼還把自己的妹妹教成這樣？」

「妳——」文丞佑為之氣結。

「要是有人敢說我是豬，你知道我會怎麼做？」她反問。

文丞佑擰下眉頭，想到那該死的黃二少。

她揚起下巴。「我就把他衣服脫光，關在豬圈裡，第二天早上叫全村的人都來看。」

他怔住。她的回答超出他對女子的認識太多，一時不知該怎麼反應。

她得意地揚起笑。「你說解氣不解氣?別人會在背後議論我是豬，還是譏笑他赤條條地讓我關在豬圈裡?」

「此法太過下流。」他總算迸出一句。

「錯！還不夠下流，哪天他惹我不高興了，我就牽出一隻大白豬，在背上寫黃二少之妻，一路把豬趕到他家去，讓他出來迎娶。」

他的眼瞪得更大了，下巴微張。

「下不下流？」

「下流。」他咬牙。

「錯！還不夠下流。」她搖頭。「還得搖旗吶喊說母豬肚子裡已經有了他的種。」

文丞佑的臉頓時脹成豬肝色，張口卻無聲，不知是氣到說不出話來，還是因為太過驚世駭俗而呆住。

蒔香笑道：「前天我就是跟太太這樣說的，太太可是連連叫好，恨不得立刻就去綁了黃二少關在豬圈裡，哪像你這呆樣。」

文丞佑回過神，不悅道：「與我說話怎可如此不敬！」

她翻個白眼。「知道了。」

他們富貴之家就是麻煩，當主子的使喚人慣了，不喜別人回嘴，傲氣重又愛訓人。

見妹妹不時朝這邊望來，神情不安，他嘆口氣，決定忽略蒔香的無禮。

「我曉得你擔心什麼，你是擔心我帶壞七姑娘，把她教成個粗鄙的鄉野村婦對吧？」

文丞佑頷首。「她是大家閨秀，言行舉止怎可落於市井之流？」

「你真以為人的言行舉止那麼簡單能改？我把你丟到鄉下去，你就成了鄉下人？」她不以為然。「不過是想著潛移默化……唉呀……」

她突然靈光一閃，驚呼出聲，文丞佑莫名其妙地望著她。「怎麼了？」

「對，到鄉下去！現在城裡、府裡都在議論七姑娘的事，她在這兒心情怎會開朗？還是得換個環境好。」雖然府裡的下人不會當著文青靈的面嚼舌根，可取笑的眼神還是瞞不了人的。

文丞佑還沒發表自己的意見，蒔香又道：「就這麼辦，我去跟太太說。我走了，五少爺，改日再敘。」

蒔香快速地拍了下文青靈就跑，一邊喊道：「我們來比賽，跑輸的可不能吃點心。」

文青靈驚叫一聲。「怎麼能這樣呢？不行，我不比。」

「我用單腳跳，妳快跟上來。」蒔香靈巧地用右腳跳跳跳，再換左腳。

文青靈讓她逗笑，正想跟上她，猛地想起還在原地的兄長，只得停下腳步。

「五哥，我……」

文青靈一臉焦急想跟上蒔香，又想哥哥特意來找，還沒說上幾句她就離開，實在不好，一時陷入天人交戰。

見妹妹焦急無措的表情，文丞佑哪會不明白，他心裡一軟，說道：「去吧，可得跑贏那無禮的野姑娘，否則哥哥不饒妳。」

文青靈噗哧一笑。「知道了。」她回身去追蒔香。

見小姐又開始跑，在旁邊一直沒吭聲的海棠急忙跟上，桃花跑了幾步後，卻折返走到文丞佑面前。

「少爺。」她福身行禮。「有句話，奴婢不知當講不當講。」

海棠回頭望了一眼桃花，遲疑半晌後，還是去追小姐。跟桃花認識也不是一年、兩年了，她要同少爺說什麼海棠大致有底，卻覺得不妥，她們畢竟是奴婢，就算不喜蒔香，可大太太決定的事又豈容她們質疑？

「什麼事？」文丞佑恢復一貫的有禮與淡漠。

「蒔香姑娘尊卑不分、對人無禮、性子又野……桃花擔心小姐給帶壞了。」她憂心道。

文丞佑挑起眉宇。看來有人跟他的顧慮是一樣的，只是七妹臨走前，難得露出笑容，他又心軟了，難得有個人能讓妹妹開心……他不由得為難起來。

「我會再跟母親商量，妳下去吧。」

聽到少爺要跟太太再商議，桃花微露笑意。「是。」

遠處文青靈追上一蹦一跳的蒔香，就要超越領先時卻讓蒔香抓住手臂往後推，文青靈驚叫一聲。「妳怎麼能這樣呢？」

蒔香大笑。「來追我啊。」她開始雙腳跑。

「妳作弊！」文青靈嚷叫著，伸手去拉她，兩人鬧成一團。

文丞佑若有所思地望著遠處的兩人，決心再次動搖。真的要把蒔香辭退嗎？讓她跟妹妹作伴也挺好，只是想到她不甚恭敬的態度與大膽的言詞……

哪天他惹我不高興了，我就牽出一隻大白豬，在背上寫黃二少之妻，一路把豬趕到他家去，讓他出來迎娶，還得搖旗吶喊說母豬肚子裡已經有了他的種。

如此粗俗的話語怎麼會由一個姑娘嘴中說出來呢？

不過雖然下流又惡毒，卻真的挺解氣的。文丞佑失笑。看來找人打黃二少一頓是太便宜他了。

✿ ✿ ✿

蒔香原以為會在廚房待上三年，吃得滿嘴流油，銀子攢得飽飽，沒想這麼快就換了差事。

大太太聽了她的意見後，沒考慮多久就決定讓七姑娘到城外的自家莊子住上一段時間。經過黃二少一事，她是硬下心腸要將女兒改頭換面，再怎麼疼怎麼寵，女兒長大了就是得嫁人，不可能一輩子藏在府裡，而要掃去城裡流言最好的辦法就是讓女兒瘦下來。

「我也沒要她瘦成個竹竿，那樣反而沒福氣，她只要再少個十幾斤就行了。」大太太對二兒子說道。

文丞佑蹙眉。「母親的意思我明白，我也贊成妹妹瘦一些，只是那蒔香是個沒規矩的……」

「我知道你要說什麼。」文連氏喝口茶後才道。「放心，我會安排個懂事的嬤嬤一起過去。蒔香是個直爽脾氣，青靈跟著她有益處。」

除了自個兒的看人眼光外，她自然還找了王嬸來問。與蒔香朝夕相處一個月，若王嬸還看不出此人的深淺，她要王嬸何用？

以前也不是沒請過嬤嬤控制青靈的飲食，讓她多勞動，沒想嬤嬤方法太過激烈，青靈餓得昏倒在地，額頭撞上桌角，流了一灘血，可把她嚇壞了，老太太也大發雷霆，她心一軟，又把女兒供了起來，伺候得像個菩薩，結果把她養成顆球，遭人恥笑，這次她是鐵了心了，但方法還得講究。

蒔香為人爽利，性子開朗，卻不是一根腸子通到底的笨蛋，最重要的是女兒跟她相處覺得自在。

「跟蒔香說話的時候，我沒覺得她可憐我、同情我，也沒看輕我……就是自在。」

因為女兒這句話，她決定讓蒔香接下督促女兒減肥的差事，更重要的是拿出做小姐的架式與氣派來，女兒越胖越沒自信，成天愁眉苦臉的，哪有她半點爽利的作風跟性子，青靈若真這樣嫁出去，還不被丈夫婆婆嫌棄？

外貌已經不討丈夫喜歡了，個性又膽怯易感，再加上沒手段，還能有什麼用？到時連站著，別人都嫌礙眼……想到此，她的心一陣揪痛，女兒怎麼偏偏就像了她的樣貌？

她在心裡嘆口氣，把心思移回。「別看蒔香說話魯莽，有時她是故意的。」

文丞佑挑了下眉。「她還有這等心思？」莫非他小瞧了她。

大太太微笑。「她自個兒跟我說的，我瞧著也是，她有心計，不是表面上一根腸子通到底的人，可沒壞心眼，就是缺銀子，想攢錢送兩個弟弟進書院。她若真能讓青靈脫胎換骨，我答應幫忙。」

原來如此，知道對方想要什麼就好辦，若表現得太無慾無求，反倒不能讓他安心。

「你若無事便跟去莊上幾天，瞭解一下情況，要是青靈不適應再讓她回來……」她頓了下，隨即搖頭。「還是瘦下再回來……我就是太寵她了，捨不得讓她吃一點苦，我已經跟蒔香說過，能少吃點，可得慢慢來，別又把青靈餓暈了，她也明白不能操之過急，還有嬤嬤們看著我也沒什麼不放心的……」

「是，反正我無事，就跟去看看。」文丞佑說道，雖然母親表面上說放心，可心裡定是牽掛的，想要青靈瘦下來又怕她吃苦。

果然，他答應先跟去瞭解狀況後，母親的表情放鬆了些。

「我也想乘機問問農作栽種之事。」約莫再過半年戶部的任命就會下來，沒意外的話將會是一縣之令，可農事種植方面他並不專精，最好趁此機會瞭解。

「你大哥在京城可問到消息？」大兒子三年前通過科考，託關係在工部謀了個差事，丞佑去年也中了進士，雖然成績沒有大兒子好，不過上榜就是好事，只是光等戶部的任命就等了半年，至今還沒消息。

「應該快了吧。」文丞佑說道。

「你的親事得在上任前快點訂下來，在外頭總得有個賢內助幫你打點。」她一直留心，卻沒看到特別滿意的。

「母親作主就行。」他無所謂地說道。其實再緩個一、兩年也無所謂，姑娘大了不好談親事，男子倒沒什麼要緊，他今年才二十，再拖個兩年也不算老。

每次說到親事，他便丟句無關痛癢的回答，大太太嘆口氣，換了話題。

「莊子一直有人打理，跟去的人不用太多，還有我答應讓蒔香的兩個弟弟一起住進莊裡。他們兩兄弟現在跟伯父一塊兒住，正好離莊子不遠，就讓他們姊弟聚聚。」文連氏說道。她一向不是苛刻的人，能通融的地方也會給予方便，別人辦事才會更盡心。

「那正好，我順便考校二人的學問。」若他們真是可造之材，他也不會吝嗇提攜一把。

幫助寒門子弟除了贏得美名外，若日後高中，對於自身更是有利無害。仕途要走得穩，人脈是很重要的。

不過文丞佑倒沒想得那麼遠，幫忙只是基於惜才之心，他的同窗裡也有不少家貧卻頗有才學之人，他的態度一向是能幫就幫。

母子說了會兒話，大太太又把話題繞回婚事。「雖說由我作主，可你也得先看過人，選個順眼的、說話談得來的，待你從莊子回來，再讓你大嫂找些世家閨秀到府裡作客……」

「母親作主就行了，我約了人得出門了。」文丞佑說道。

文連氏嗔怪道：「怎地說到親事你就跑？」

文丞佑好笑道：「母親多心了，兒子是真的約了人，再說交由母親安排，我有什麼不放心的？」

大太太說不過他，揮揮手讓他去忙。「去吧，別跟我耍嘴皮子。」

文丞佑笑著走了出去。對於成親他是真的一點也不急，晚個幾年都還不算老，不過母親既然放不下，他也不堅持，就聽任母親安排，反正船到橋頭自然直……

第二章

三天後，他們一早就啟程往莊子出發，出了城後，又走了將近一個時辰才到達莊子。

管事及僕役們已經在門口迎接，蒔香跳下馬車，在列隊的人員中瞧見兩個弟弟，他們穿著深藍粗布衣，微低著頭，規矩的模樣讓她忍不住勾起嘴角。不過若再觀察仔細些，就會發現他們的規矩是裝出來的，三不五時他們會微抬眼角，留意眼前的情況。

席式欽朝姊姊擠了下眼睛，蒔香差點笑出來。兩個弟弟雖是雙生子，卻是一靜一動，席式銓文質彬彬，成天端著夫子樣，席式欽則是一刻也閒不下來，當初母親還是用木棍逼著他唸書的。

父親世代務農，從祖父一輩就想盡辦法讓孩子唸書，希望能走上仕途。耕種是看老天吃飯，遇上收成不好，日子實在艱難，伯父與父親雖進了私塾，卻只唸了幾年，終究因為生活困苦而中斷。

因此弟弟們出生後，父親最大的希望就是讓他們完成自己未竟的心願，三歲時就心急地教他們識字，還遭母親取笑。父親因病過世後，母親苦撐著也要讓他們兄弟向學，最後把自己也累垮了……

「把箱籠都抬進去。」

蒔香回過神，瞧著楊管家指示家僕，旋即上前對文丞佑行禮。「少爺。」

文丞佑曉得妹妹不會喜歡在眾人的目光中下車進門，便示意車伕往角門走。

蒔香原想上前跟弟弟說說話，可看到家丁們都在忙，自己拉著弟弟閒話家常也不好，太扎眼了。

她使個眼色，示意弟弟隨僕役們一起搬東西，一會兒她再來找他們，自己則跟著馬車由角門進莊。

文丞佑從大門進入，問道：「站在那邊的雙生子就是席姑娘的兄弟吧？」

「是。」楊管家頷首。「一早就過來了，今年十一歲，一個斯文一個好動，說是來幹活的。」大太太信中雖提及雙生子，卻只說讓他們在莊子裡暫住，弄得他一頭霧水，不曉得要不要安插工作。
「是要將他們當客人還是……」
「我先跟他們談談。」
「你們兩個過來。」管家朝兩兄弟喊了一聲。
兩兄弟同時朝管家望去，規矩地走到他面前。
「少爺有話問你們。」楊管家說道。
「是。」其中一人應聲。
「不用這麼拘束。」文丞佑轉向管家。「你去忙吧。」
「是。」楊管家行禮告退，指示家丁將箱子擺到廂房，讓人告訴廚娘一刻鐘後把綠豆湯跟蓮子湯端上。
這頭，蒔香與七姑娘已行至臥房歇息，奴婢們忙裡忙外，將家丁抬進來的箱子打開，開始佈置閨房。
桃花瞄了眼正悠閒地與小姐說話的蒔香，心裡有些不平。本來想少爺能說服大太太把蒔香給弄走，沒想與自己預期的根本不合，她就不懂蒔香哪裡好了，隨便找個嬤嬤也能督促姑娘運動跟飲食，如今還得待在鄉下的莊子裡，想著就鬱悶。

因蒔香並非文府的奴僕，遂不用跟著其他嬤嬤、婢女整理房間，原想拉著文青靈去放風箏，可文青靈說想歇息一會兒，蒔香也沒勉強她。減肥是長久之事，不急在一時。

她索性去找兩個小鬼。沿路問了僕役，終於在前院瞧見二人，他們正與文丞佑在說話。

「去年收成不是很好，今年春雨充足應該會好一點。」席式欽中氣十足地說著。

這小子，說話也太大聲了吧？蒔香擰下眉心。

「既然你們對這兒熟，就為我介紹一下。」文丞佑說道。雙生子雖長得一樣，卻不難分辨，一個壯些黑些，睜著大眼睛看人，像個野小子；另一個瘦些，膚色偏白，文文靜靜地站著，自報上姓名後就沒再多說一句。

「包在我身上。」席式欽拍了下胸膛。

席式銓瞥了弟弟一眼，靜靜地沒說話。

文丞佑咧嘴而笑，示意兩人帶路，蒔香上前道：「少爺，你們去哪兒？」

「我想看看莊稼的作物。」文丞佑說道。

「阿姊。」席式欽喊了一聲。「妳穿這樣比以前好看。」姊姊平時穿的都是粗布衣裳，不是灰色就是暗青色，可她今天穿著一身淺綠，整個人顯得神采奕奕。

蒔香瞪了弟弟一眼，示意他閉嘴。明明託人帶口信回去，讓嬸嬸叮囑他安分點，多聽少說，他立刻就丟腦門後了？

席式欽早習慣姊姊的白眼，不痛不癢的，呵呵地摸了下自己的頭。

「跟少爺說話得注意規矩。」蒔香正經地訓斥一句。

文丞佑挑了下眉，眸子閃過一絲笑意。他有沒有聽錯？她竟然會告誡他人守規矩，她連以身作則都做不到。

話畢，蒔香也感到彆扭，忙道：「你們不是要去看莊稼？快去吧。」本來是想跟弟弟說說話，可文丞佑卡在中間實在不方便。

弟弟們要想進書院還得有人引薦，眼下文丞佑就是最好的人選，如果他肯幫忙，離書院之路就更近了，但願那兩個臭小子好好表現，別丟她的臉！

三人悠閒地在林間漫步，遠處層層的蘆葦迎風搖曳，水邊一群鴨子悠哉地游著，雲層淺淺堆疊著，彷彿一伸手就能碰到。

文丞佑深吸口氣，望著寬廣的地平面與遼闊的天空，身心為之一鬆，低頭看著兩兄弟，他隨口說道：「你阿姊瞧著挺凶的。」

「很凶。」席式欽點頭。

席式銓輕咳一聲，席式欽立時改口道：「也沒很凶啦。」

文丞佑輕笑。「撒這種一下就被拆穿的謊，有什麼意思？」

席式欽瞠大雙眼。「難道我姊也敢凶你？」

席式銓揉揉太陽穴，決定不摻和。阿欽還是一樣沒腦，別人兩、三句就把話給套出來了。

嚴格來說蒔香並未凶他，只是言語太過粗魯，語氣太過直接，才會令他不快，不過他已經調整好心態，農民大都純樸直率，不像城裡那樣講究規矩，他也不是個心量狹小之人，怎會與她一個村姑計較。

「她沒凶我，就是講話太直接了一點。」文丞佑儘量放緩語氣，免得兩兄弟以為蒔香得罪他，更不敢在他面前暢所欲言。

說起來席式欽的性子倒與蒔香相近，只是沒蒔香慧黠，至於席式銓則是個悶葫蘆，不特地問他，他不會主動答話。

「你們想上書院唸書嗎？」文丞佑問道。

「我沒特別想，不過阿姊希望我們去。」席式欽回道，他唸書沒阿銓好，不過也不算差。

文丞佑瞥了席式銓一眼。「你呢？想去嗎？」

席式銓遲疑了一會兒，隨即堅定地點頭。「想。」

「好，明天我會考校你的學問。」他轉向席式欽。「至於你，想清楚了再來吧。」進書院便是要走科舉之路，若無心於此，不如另作打算。

「唉……」席式欽又摸摸頭，一臉苦惱。

「不急，你們還小呢。」他笑道。科舉是條很艱辛的道路，他是僥倖才以二十之齡考上進士，原想著可能二十四、五歲時才會上榜，像大哥一樣，誰想就上了，只能歸功於考運。

他並不是看輕自己，自己的資質才能也是受過讚譽的，但時運是個奇妙的東西，不是凡人能掌握的，有些讀書人並不特別聰明，可運氣就是比旁人好上幾分，落在仕途上就是天差地別。

文丞佑隨意與兩兄弟說著經驗談，見席式銓聽得認真，他微微一笑。比起席式欽，他有企圖多了。

三人在外頭走了半個多時辰，出了一身的汗，回莊後，文丞佑逕自回房沐浴，席式兩兄弟則是拿了竹掃帚掃落葉，閒聊了一會兒，忽地一個人影從樹叢後跳出，把兩人嚇了一大跳。

「怎麼樣？說了什麼？」蒔香勾著兩兄弟的脖子。

兩個弟弟驚魂未定，席式銓瞪了姊姊一眼。「都幾歲了，還嚇人？」

蒔香笑咪咪地要捏弟弟的臉，讓他躲了開去。「才十一歲就像個老頭，以後怎麼辦？老氣橫秋的。」

「沒錯。」席式欽附和。

「少爺跟你們說了什麼？」

「問我們農稼的事，都種些什麼、收成如何、一斤作物賣多少錢、蟲害嚴不嚴重……」

「他一個四體不勤、五穀不分的少爺問這做什麼？」蒔香蹙眉，隨即恍然大悟。「他以後要做縣令，所以先來熟悉作物栽種，倒是個有心的。」

「你們在他面前可有好好表現？」她問。「你們要進書院得靠他引薦，給我爭氣點。」
「他說明天要考我們的學問。」席式欽說道。
蒔香瞠大眼。「那你們還愣著做什麼？快去看書！」她趕鴨子似地揮手。
「也沒差這一天——」
「這是態度問題，要給少爺留下好印象。」蒔香打斷席式欽的話。「讓他覺得你們雖然天資聰穎但還是不忘刻苦努力，明白吧？」
席式欽笑道：「阿姊妳就是想得太多。」
「是鬼主意多。」席式銓難得附和一句。
「編派起阿姊來了。」蒔香瞪向兩人。「書有帶來吧？」
「只帶了幾本。」席式銓回道。
「管家給你們安排房間了嗎？」她又問。
「還沒，人家在忙，我們去讀書不好吧？」席式欽搖頭。「不是說讓我們來打零工嗎？」
他才不想整日待在書案前，還不如下田種地、砍柴，勞動筋骨，找些活兒做。

其實他更想從軍，不過阿姊不肯，每次提起她就擺臭臉。

蒔香腦袋一轉，作出決定。「第一天確實不該給人懶惰的印象，一會兒去問管事要做些什麼。」

「好。」席式欽開心地應和一聲。

蒔香又問了幾句家裡的情形，席式銓總結一句。「除了缺銀子，什麼都好。」

蒔香嘆口氣。她哪會不知道缺銀子，堂兄堂姊都大了，陸陸續續都要嫁娶，銀子花得可凶了，伯父伯母對他們姊弟雖沒噓寒問暖，照顧得無微不至，卻也沒讓他們餓肚子，更不會打罵，雖然缺錢時臉色不好看，但憑良心說也算仁至義盡了。

娘親去世時留了些銀子給他們姊弟，她幾乎全花在兩個弟弟的束脩上，伯母雖精明嚴厲，卻還是有良心的，沒把那些銀子吞掉，為此她很感激，如果可以的話，她也想多攢些銀子給伯母。

只要她好好幫七姑娘瘦下來，大太太的賞賜必不會少，到時她會拿出一半給堂兄跟堂姊的婚禮添點錢。

「以後你們出息了，別忘了大伯的恩情。」蒔香對弟弟說道。

席式銓頷首，席式欽則大發豪語。「姊，妳說多少遍了？妳放心，等我發達了就把村子的地都買下來送給大伯。」
「作你的春秋大夢！」蒔香好笑地要打他。「信口開河，就會說大話。」
席式欽笑嘻嘻地跳到一邊，蒔香作勢要抓他，席式欽大叫一聲，跑得老遠。
「別打我的頭！」
席式銓搖搖頭，懶得理他們。
姐弟倆在林子裡追逐，歡快的笑語聲在樹林中迴盪，驚得鳥兒振翅而飛。望著飛翔的鳥群，蒔香頓時覺得身心舒暢。還是在鄉間自在快活啊……

✿ ✿ ✿

翌日
文丞佑起了大早，才開門，就看見蒔香坐在階梯前。
「你終於起來了。」蒔香起身走到他面前。「太陽都曬屁股了。」
他瞄了眼青灰的天色。「太陽還沒出來吧？」
她笑。「太陽沒出來我怎麼看得到你，還看得這麼清楚？你應該說還沒曬到屁股才對。」

他瞪她。「妳來跟我抬槓的？」

「不是，我是想讓你畫張黃二少的畫像給我。」

他挑眉。「何意？」

「解氣還有激勵。」她認真道。「過一陣子七姑娘定會懈怠，那時就得把畫像拿出來刺激她。你過兩天不是就得回去，到時我找誰幫我畫。」

畫張像不成問題，只是……文丞佑遲疑道：「對七妹有用嗎？萬一刺激過大，她又消沈……」

「不會，有我在。」她拍了下胸口。「你畫就是了。」

「就為了這事，妳一大早堵在這兒？」

「當然不是。」她微笑。「你不是想知道農事嗎？」

他頷首，不難猜想是那對雙生子說的。

「我帶你去找一個人，你問他就對了，我爹還有一些農書能借你抄錄，完了得還我。」

他懷疑地望著她。「妳又打什麼主意？突然如此熱心？」

「你意思意思給我一點賞賜就行了。」她附加一句。「最好是銀子，我得籌措去書院的費用。」

他不解。「母親不是答應要幫妳？」

「太太的恩情我永遠都會記住，可我不能總想著有別人幫忙，自己什麼也不做；再說錢哪有嫌少的，除了書院的花費，我還想攢一些錢給伯父，雖然能給的不多，可也是我一份心意。」

伯父養了他們幾年，給點銀子也是應該的，就算伯父不接受，偷偷塞給伯母也是行的，有時是心意問題。

文丞佑點點頭，明白她的意思。沒想到她瞧著目中無人、我行我素，卻還有如此孝心，倒讓他有些改觀。或許真如母親所說，她不過是性子直率，並無冒犯之意，若真是如此，自己也不該以小人之心度量她的言行。

「你要現在出門還是再晚點？」蒔香將話題轉回。七姑娘約莫再半個時辰後會起來，她得帶著她活動筋骨。「我可以先帶你去認識老爺子。」

反正一大清早也沒事，文丞佑頷首道：「那就走吧。」

蒔香笑咪咪地領著他往外走。「你對農事如此關心，以後一定是好縣官。」

他微笑。「承妳吉言。」

出了大門，蒔香熟門熟路地領著他往遠處的草坡走。「老爺子總是一大早帶老田來附近散步。」

「老田是……」

「是一隻牛，快三十了，老爺子說如果算成人壽的話，快九十了。」她一臉讚嘆。「你別看牠只是條牛，老田很有靈性。」

「什麼靈性？」他揚眉。

蒔香笑而不答。「一會兒你就知道。」

「還賣關子？」他搖頭。

「事先知道就不有趣了……」她往前指。「瞧見沒有？老田。」

遠遠的山丘上，果然瞧見一頭黑牛慢慢地晃著，旁邊站著一個駝背的老人，頭上戴著斗笠，手上撐著枴杖。

「前兩年老爺子摔了一跤，到現在還沒全好。」話畢，蒔香朝遠處的老爺子揮手。

老爺子瞧著別處，並無回應。

蒔香撩起裙子，對文丞佑說：「先跑到老田那兒的人贏。」

文丞佑還來不及拒絕，她一溜煙地就往前衝，回頭見他還在原地，朗聲道：「快啊你！」

「我不跑。」他才不跟她瞎起鬨。

「怕跑輸我啊？」她取笑。

「不是……」

「我可是村子裡跑最快的，」她叫嚷。「跑輸我你也不丟臉的！」

簡直是胡攪瞎纏。「激將法也沒用。」他才不想被她牽著鼻子走，依舊徐步走著。

蒔香回身繞著他跑。「你這樣怎麼給七姑娘以身作則？」她跑到他後頭用力推他。

他沒想到她竟敢對他動手動腳，一時沒站穩，差點撲倒，踉蹌的糗態引來她的笑聲，他惱羞成怒。「妳這瘋丫頭！」

「我回去告訴七姑娘說你要留下來陪她每天跑步。」她笑著往前跑。「做哥哥的以身作則，她定會很高興。」

「妳別胡說八道！」他怒道。「我沒說這樣的話。」

她又折回來要推他，可把他惹火了，他一把抓住她的手。「妳……喔……」他慘叫一聲，膝蓋讓她踢了一下。

見他臉色大變，鐵青著一張臉，她哈哈大笑，故意學他。「喔喔喔，叫得跟女人一樣。」她模仿他吃痛的表情。

他一下失去理智，火冒三丈地朝她跑去，怒道：「妳給我站住！」

她邊跑邊叫。「抓不到、抓不到——」

見他暴衝過來，她加快腳步，歡暢地笑道：「是不是沒吃早飯所以沒力氣？」

她像陣風似的，一下跑得老遠，每次要追上，她又拉出一段距離，他的臉色越來越難看。

「老爺子、老田！」蒔香朝著一人一牛喊叫。

老漢朝她的方向望來，高聲喊了幾句，伴隨著身旁幾聲哞叫。

蒔香根本沒聽清老爺子在叫什麼，轉頭對一臉怒相的文丞佑喊道：「要不要我單腳跳讓你啊？怎麼跑得比七姑娘還慢？」

他的臉脹得通紅，咬牙道：「別讓我抓到妳，妳這個粗魯低俗又沒見識的村婦……」

「哈……跑不過人家就罵人了，你也不怎麼樣嘛！軟腳蝦！」她高傲地揚起下巴，卯足全力往老爺子那兒衝。

文丞佑想撕碎她的心都有了，他失去理智地正想撲倒她時，老爺子沙啞的聲音傳來——

「別跑……前幾天下雨，有個坑……」

「啊——」

尖叫聲才剛起，文丞佑就看到原本如同花鹿奔跑的蒔香，突然傾向右側，啪地一聲撲倒在地，甚至濺起了一灘小泥水。

他本能地停住步伐，霎然而止，然後笑聲從他口中迸出，根本無法壓抑。

「哈……再……再跑啊妳……哈……」

趴在泥水裡的人兒，動也不動。

「說了要小心。」齊老爺子想跑過來，無奈力不從心。「你這愣小子，光顧著笑，還不快把她扶起來。」

齊老爺子一聲斥喝，文丞佑訕訕地閉了嘴。他是讓蒔香氣得失去理性，才會在姑娘家摔倒時哈哈大笑，頓時覺得汗顏，趕緊上前去攙扶。

她四周的草地都是泥坑，深深淺淺的，因為雜草覆蓋，很難察覺，鞋履很快陷在泥水裡。

「妳沒事吧？」文丞佑憂心道。她從方才至今一直沒動，不會摔暈了吧？

他在她身邊蹲下，轉過她的肩膀，讓她面朝上，見她一臉污泥，他想笑又不好意思，只得尷尬地輕咳兩聲，以袖子幫她擦臉。

怎地有這樣頑皮的姑娘，把自己弄得如此狼狽……想到她摔倒的樣子，他又忍不住笑了起來。

「妳怎麼樣？」他拍兩下她的臉。

「死了。」她動也不動。

他笑出聲。這野丫頭，都摔進泥裡了，還要捉弄人，他從沒遇過這樣的人，摔在泥濘裡還能裝死，真是開了眼界了，雖然方才被氣得恨不得打她一頓，現在卻只感到好笑。

他笑罵道：「還不起來，真想躺在泥濘裡？」

她睜開眼，怒目而視，彷彿她會成了泥人都是他的錯。見狀，他笑得更歡。

「起來。」他起身將她拉起。

她不發一語，任他扶起。

「沒摔到哪兒吧？」見她衣上都是泥水，他關心問道。

「腳扭了。」她蹙眉地動了下腳。

「看吧，跑什麼跑，弄成現在這樣。」他忍不住訓斥道。「又不是小孩子！」

她瞇起眼。「信不信我現在就讓你摔進泥坑裡？」

見她要動手推人，他趕忙後退一步，沈臉喝道：「還鬧！」

「你們吵什麼呢?!」齊老爺子慢吞吞地現在才來到兩人面前，他是個黑瘦的老漢，今年已七十有餘，臉上滿是皺紋，一隻眼睛覆了層白翳。

「他欺負我……」蒔香假哭兩聲。

文丞佑瞠目結舌。「妳——」

齊老爺子看看蒔香又看看文丞佑一身上好的布料與色澤。「您是文府的少爺？」

「是。」文丞佑頷首。

「前兩天就聽說你們要到莊子上來，老漢姓齊，村裡人習慣叫我老爺子。」他微笑地轉向蒔香。「妳這野丫頭，才回來就弄成個泥人。」

蒔香笑著正要回話，見老牛走過來，她立馬踛著腳走到牠面前，摸摸牠的臉。

老牛嚼著青草，哞叫兩聲，蒔香笑著又摸摸牠的角，轉向文丞佑。「你輸了，我先摸到老田。」

「老田，還記得我嗎？」

文丞佑怒道：「誰與妳比賽了？」

蒔香拍著老牛的角，故意說道：「快把他撞倒。」

文丞佑為之氣結，直到她扮鬼臉吐舌頭時，才幡然領悟又被她耍著玩，忽然間他又想笑，拚了命才忍下來。

老牛瞄了文丞佑一眼，繼續吃草。

見文丞佑繃著一張臉，齊老漢笑道：「公子別與丫頭計較，她啊就是愛玩，沒壞心的。」

文丞佑不好駁斥老人，只得順著他的話應諾一聲。

一身泥實在難受，蒔香也沒了鬧人的心思，直接切入正題。

「他以後是要當官的，所以來問老爺子農作的事，您就可憐可憐他，跟他聊聊，我先回去梳洗了。」

「妳這小泥人是該回去梳洗梳洗。」老漢取笑。

見蒔香微跛著腳要走，文丞佑關心道：「還是我攙妳回去？」雖然讓她氣得腦充血，可讓她跛著腳回去不是他的作風。

「不用了，我還能走。」蒔香揮手不要他幫忙。「我可不是嬌滴滴的千金大小姐。」

「妳……」他升起疑惑。實在摸不透她的個性，明明就是個任性妄為的人，怎麼受傷時又倔強得不肯讓人幫忙。

「我走了。」她才不聽他婆婆媽媽的話。

文丞佑觀察了下她走路的姿勢，見沒大礙後，才放下心來。

「野丫頭是個犟性子。」齊老漢說道。「雖然愛鬧了些，卻無惡意，公子別惱。」

「我不會與她計較。」明白她只是頑皮愛玩後，他對蒔香也不再有反感，毋寧說她就是好玩又喜競爭的性子，倒沒惡意。

有些人頑皮就罷了，還有惡心，他認識幾個紈袴子弟便是如此，走在街上也沒人惹他，還是弄得雞飛狗跳，沒事找碴，一會兒嫌乞丐擋道打人，瞧見漂亮姑娘就出言調戲，見隻狗都要踢兩下才舒服。

思及她得意洋洋在前頭奔跑，下一瞬就掉進泥坑裡，他忍不住又笑了，一個姑娘竟還躺著裝死，那麼髒的水她也忍得住，不禁又佩服起她來。

第三章

洗去一身泥水後，蒔香再次活了過來，右腳雖然扭了，可並不嚴重，休息兩、三天應該就沒事了。

帶著七姑娘做早操時，她把方才與文丞佑賽跑的事說了一遍，聽得文青靈目瞪口呆，似是沒料到一向斯文的哥哥也會讓蒔香激怒而跑了起來。

「五少爺跑得比妳還慢呢。」

文青靈掩嘴而笑。「怎麼可能？」

「真的。」蒔香認真地點頭。「要不等他回來你們比賽。」

「不好，不好。」文青靈忙搖手。

「可我崴了腳，今天沒法陪妳跑。」

「我自己跑就行了。」文青靈跟著蒔香彎腰疏鬆筋骨。

聽到這話，蒔香安下心來。她擔心文青靈會因為沒人陪而怠惰，她肯自己跑當然是最好的。

「妳怎麼會崴了腳？」文青靈好奇地問。

「我摔到泥坑裡。」

文青靈驚呼一聲。「怎麼會？」

「前些天下雨，弄出了幾個泥坑，只要下雨就容易這樣，人還是小事，馬車或是牲口陷進坑裡那才麻煩。」

兩人一邊聊天一邊做操，時間很快就過了，趁著文青靈回去沐浴，蒔香讓廚房開始準備上早膳。雖然她也會下廚，但大太太希望她把全副精力放在青靈身上，所以由她告訴廚娘該煮什麼，卻不用親自動手，她自然也樂得輕鬆。

另一頭，文丞佑與齊老爺子說得忘我，老爺子除了種田外，還養雞養豬、栽種果樹，對於土壤、氣候、蟲害、施肥等等都瞭若指掌，直到肚子咕嚕響，文丞佑才發現不知不覺已經過了一個多時辰。

他尷尬地笑笑。「說著說著，肚子都受不了了，老爺子同我一起回去吧，我還有些事想請教。」

「我還得陪老田到別處走走。」齊老爺子啞聲道。「公子有什麼問題儘管來問，老頭子就在這兒，也跑不了。」

文丞佑又邀請了一次，見他態度堅決，便拱手告辭，正巧楊管家看他久未回莊，派了人來找。

「少爺，原來您在這兒。」席式欽擦去額上的汗。

「怎麼？」

「楊管家想您這麼久還沒回來，怕您出事……」

文丞佑好笑道：「在這兒能出什麼事？」

席式欽笑笑。「我也是這麼說的。」

「怎麼是你來找？」楊管家要派應該也是派文府的小廝才對。

「我在掃地時聽到楊管家正要派人找少爺，就自願來了。」

文丞佑笑問：「你找我是想跟我說什麼？」

「我想從軍，你覺得怎麼樣？」席式欽直接問道。

他詫異道：「你才幾歲？太小了。」

「那你說幾歲比較好？」他問。

「起碼十七、十八……」

席式欽揚起眉。「再五年就行了？」

「你姊知道這事嗎？」

「你別跟她說。」席式欽緊張道。「我找不到人問才來問你的。」

「你怎麼對從軍有興趣？」文丞佑好奇道。

席式欽眼睛一亮。「我小時候看過常將軍凱旋歸來經過我們村子，好威風啊，盔甲閃亮亮的，還有大刀、長槍……」他滔滔不絕地開始細說他們的裝備、表情、樣貌等等。

文丞佑自然明白他的心情，男孩誰不喜歡耍刀弄槍、騎馬射箭，他小時候也瘋過，不過瘋迷的時日並不久，對他而言騎射只是強身健體，並不曾想過要參軍。

當席式欽說到一個段落時，文丞佑才道：「還是等你大一點再說，從軍沒你想得輕鬆。」

「我能吃苦。」席式欽挺起胸膛。「而且我要當到將軍。」

文丞佑朗聲而笑。「你倒有志氣。」

席式欽拍拍胸口。「我有志氣還有膽量，阿姊說全村我膽子最大。」

他笑道。「你怎麼知道自己膽子最大？」

「晚上只有我敢到林子裡，其他人都怕鬼不敢去。」他得意道。

「你姊也不敢？」

「阿姊天不怕地不怕，就怕鬼。」話畢，他摀住嘴巴，小聲道：「別告訴阿姊，她會剝我的皮。」

「我不會說的。」他靈光一閃，探問道：「除了鬼，她應該什麼都不怕了吧？」

「她還討厭蛇。」席式欽警覺地望向他。「你不會是要嚇我阿姊吧？」

「我可不是此等小人。」文丞佑嚴肅否認。

席式欽頷首。「好，你如果敢嚇阿姊，我可不饒你。」

文丞佑笑道：「口氣倒不小。」

「當然。」席式欽再次揚起得意之色。

兩人隨意聊著，嚴格來講都是席式欽說得多，畢竟還是小孩，話怎麼也說不完，談到阿姊為了攢銀子進文府謀差，席式欽憂心忡忡道：「少爺，你認識的人很多吧？」

「嗯，怎麼？」

「你有空幫阿姊多留心，三年後她都要二十了，怎麼嫁人？都成老姑娘了。」

席式欽老氣橫秋地說。

文丞佑一怔。「你管得還真多。」

「我聽鄰居大娘在背地裡說的。」席式欽雙手在胸前交叉。「阿姊到時沒嫁妝人又老，那怎麼行？我叫阿昌哥娶我阿姊，他竟然不肯，真是沒義氣，以前他掉到河裡，還是我阿姊救他的。」

文丞佑聽著好笑。蒔香的個性沒幾個男人消受得了吧？

這頭，蒔香與文青靈坐在廊下繡帕子，腦中還想著扯幾塊布給弟弟們做衣裳，到書院總得帶幾套新衣服才行，完全不曉得弟弟口無遮攔，把自己的糗事都給賣了。

✿ ✿ ✿

在山莊待了幾天，看妹妹成天笑臉迎人，不似在家中苦悶，文丞佑放心多了，而且臉蛋瞧著似乎瘦了一點，若能持之以恆，一個月下來應該能瘦好幾斤。

考校過席氏兩兄弟的學問後，文丞佑十分看好席式銓，他走科舉之路大有可為，至於席式欽也算不錯，他是個聰慧的孩子，但心思並不在讀書上，沒有席式銓出色也是能理解的。

蒔香如今見到他總是一張笑臉，雖然說話依舊直率沒規矩，他已見怪不怪，只要她不惡作劇，他便不會與她置氣。

「原來黃二少長這樣。」蒔香站在桌案旁看他作畫。「瞧著就是個討人厭的，額頭那麼高，尖嘴猴腮的。」

他又添了幾筆後，才道：「好了。」

「你再多畫幾張。」

他詫異道：「一張還不夠？」

「當然不夠，萬一七姑娘生氣撕了，不就沒了？」她想了想。「你畫個十張吧！」

「我畫一張都噁心了還畫十張？」他冷哼一聲。「不畫。」

她笑看著他。「喲，你還是個好哥哥。」

「我哪兒不像了？」他挑眉。

「像、像。」她促狹道。「我都想叫你哥了。」

聽她的語氣，就曉得她在調侃，文丞佑挑眉。「一個姑娘家倒來佔人便宜。」

「得，還真以為自己稀罕，讓我叫你哥，你還不夠格。」她吐他一句。

「口氣倒是不小。」他瞥她一眼。

兩人你一句我一句，鬥起嘴來，沒人注意到窗邊偷偷探出一顆頭來，旋即又快速低下。

「我覺著他們相處得還不錯。」席式欽蹲在窗戶下，小聲詢問身旁的人。「對吧？」

「他不行。」席式銓簡短說了一句。

「為什麼？我看五少爺挺好。」席式欽不解。

「身家差太多。」

席式欽沈默下來。如果雙親還在，田產還在，或許還有一分希望，可現在他們什麼都沒有……

「五少爺不行的話，還能找別人。」席式欽樂觀道。「我有叫少爺留心適合的人選。」

「你以為你是誰，他憑什麼幫我們，再說他又不是媒人。」席式銓嗤之以鼻。

「那你說有什麼好辦法？」席式欽不悅道。「就會批評，毫無建樹。」

屋裡，蒔香與文丞佑仍在鬥嘴。

「我說了就畫一張，剩下的妳臨摹原圖即可。」

「我可不會畫圖。」她搖頭，旋即眼睛一亮。「你教我吧！」

「啊？」沒預料到她會提出此要求，他愣了一下。

「怎麼，你不願意？」她雙手叉腰。「你這幾天不是也在指點阿銓跟阿欽的功課，為什麼不能順便教我怎麼作畫？」

她理所當然的語氣讓他搖頭。「妳還真霸道，妳開口我就得唯命是從？」

「當然不是，我也能找七姑娘教我作畫，只是沒法拿著黃二少的畫像請她指點哪裡畫得不像。方才不是跟你說了嗎？過一陣子才能讓她看畫，激發她的鬥志。」

她故意嘆口氣。「因為我口氣霸道所以不高興，你想我嬌滴滴地說話那還不容易？」

外頭兩兄弟聽到這兒抖了一下。「阿姊還是別學得好……」

忽然，瞧見有人影過來，席式欽戛然而止。「有人。」

兩兄弟機靈地躲到另一處，那人在靠近門口時忽然停了下來，似乎在傾聽裡頭談話。

席式銓與兄弟對看一眼。「怎麼回事？」

席式欽一臉疑惑。「桃花姊幹麼鬼鬼祟祟的？」

「我們不也是鬼鬼祟祟的？」席式銓似笑非笑地說。

「那怎麼一樣！」席式欽瞪他一眼。「我們是關心大姊。」

書房內，蒔香斂眉低首作出嬌弱的模樣，朝文丞佑一福身，顫聲道：「少爺……」

她話語中明顯的哭音讓文丞佑抖了下，想讓她別演了，又禁不住好奇想看她怎麼演。

她甩了下袖子，輕拭眼角。「奴家明白第一次見面給少爺留下不好的印象，蒔香言語衝動，口不擇言，回去後也深切反省，懊悔不已，還請少爺大人不記小人過。」

她掩面啜泣。「嗚嗚嗚……」

他忍住笑。「算了，我也不是記仇的人，只是妳個性得改改，別像個土霸王似的，姑娘家就該溫婉些，母夜叉誰喜歡……」

你才土霸王、母夜叉……蒔香在袖子底下皺鼻。還越說越起勁了。

「看妳一點姑娘該有的樣子都沒有，急躁、粗魯又任性——」

「給你幾分顏色，就開起染坊來了。」蒔香火大地推了下他的肩膀。

他差點沒摔下椅子，旋即斥責。「怎可動手動腳？太沒規矩了妳。」

她不怒反笑。「在你心裡我就是個沒規矩的，索性成全你。」

他警戒地盯著她。聽這口氣，不會玩心又起了吧？「妳——」

話未說完，她倏地拿起桌上的毛筆往他臉上招呼，幸好他反應快，扣住了她的左右手。

「別鬧。」他又好氣又好笑。果然被他猜中，她逮著機會就想捉弄人。

她也不惱，嘻嘻笑著。「喲，不得了了，五少爺怎麼對我一個弱女子動手動腳……」

他這才驚覺自己正抓著她的手，此舉實在不宜，臉上頓生臊紅，忙不迭地放開她，可蒔香等的就是這一瞬間，他鬆手的剎那，沾著墨汁的筆鋒已從他額頭畫過。

惡作劇得逞，哪還能呆呆地立在當場，蒔香轉身就跑，笑聲滿溢，他頓時怒不可遏，起身就追。

席式欽忍著笑，在窗邊看著姊姊機敏地滿場跑，五少爺氣吼著：「給我站住！怎地有妳如此頑劣的人，都幾歲人了還拿毛筆畫人！」

「阿姊想惡作劇的時候是絕不會失敗的。」席式欽有感而發，他們從小到大不知被捉弄過多少次。

席式銓的注意力則在門邊偷窺的桃花身上，見她氣憤地扭頭就走，席式銓小聲道：「我離開一下。」

「去哪兒？」席式欽也發現到桃花的鬼祟，伏低身子悄悄離開。

書房內，蒔香繞著長桌案跑，文丞佑往右她就往左，讓他怎麼都抓不著，頭頂都要噴煙了。

「妳再跑，別怪我不客氣！」他大怒。這野丫頭實在太無法無天了，屢次著她的道上她的當，已經把他惹毛了，此次非得給她一個教訓不可。

「我讓廚娘給你煮綠豆湯，消消火。」她止不住得意的模樣。「你又跑不贏我，還是言和吧！」

「捉弄了人再來言和。」他冷笑。「妳當別人是泥捏的嗎？任妳搓圓捏扁？」

「那你想怎麼樣？」

「我要在妳臉上畫個七、八道。」他又開始沿著桌旁跑。

「你都幾歲人了，還想拿毛筆畫人？」她學著他的話反諷回去。

他氣得臉都紅了。

蒔香哈哈大笑，飛快地又跑到他對面，隔桌而望，她輕聲嘆氣。「唉……少爺還是不要癡人說夢。」

她的話如同火上澆油，一下又把他燒得像著火的公牛，橫衝直撞。他使蠻力把桌案拉開，她故意驚叫一聲，一溜煙地跑到另一處。

兩人在書房裡再次玩起追逐戰，蒔香笑得可開心了，她覺得文丞佑實在太好玩了，像炮竹似的，一點就爆，看他氣急敗壞捉不到的模樣實在好笑。

又跑了一會兒，她決定夠了，開始往門口移動。「我該去找七姑娘跑步了，你可以一起來。」

她的表情與語氣落在他眼中，是挑釁與猖狂，文丞佑已經氣紅了眼，見她離開桌邊往門口移動，他立刻撲了上去。

他雖然不是武藝高超的練家子，好歹還學過騎射，血氣方剛的少年時期也曾與兄弟朋友打過幾次架、玩過搏鬥，學了幾個技巧，方才她繞著桌椅打轉時，他莫可奈何，可如今態勢截然不同。

她雖比他靈巧，跑得也快，可再快也不過是一、兩步的距離，只要往前撲，就能將她撲倒。

就在動念之間，他不假思索地撲上去，腦子裡只想著要給她一個教訓，不把她的臉塗成大花貓，誓不甘休！

怒氣壓過了理智，衝動取代了思考，蒔香差一腳要跑出書房時，文丞佑——一個自十三歲起不與人逞血氣之勇、爭強鬥勝的謙謙君子，在書房中殺紅了眼，大吼一聲，宛如猛虎出柙，以泰山壓頂之勢將奔跑的羚羊撲倒在地。

蒔香覺得自己被一頭野豬撞上，整個人摔倒在地，她即時伸手撐了下地面，但還是感覺鼻尖與嘴上火辣的疼痛，而背上的重量讓她動彈不得。

「看妳往哪裡跑。」文丞佑單腳跪起，迅速將她翻過來。

蒔香自小頑皮，與男孩子一爭長短，打架種田樣樣來，豈會輕易認輸，當她翻身的剎那，借勢跳起，將他壓倒在地，毫不留情地坐在他身上。

「換我了——」她報復地在他臉上打了一拳。

他怒吼一聲，再次翻身將她壓倒在地。男女成長後力量的差距越來越大，以前蒔香就吃過虧，因此練了一身小技巧，就著他的力量再滾一圈，又翻身到他身上打算再打他一拳。

文丞佑抓住她的拳頭，又要把她壓制在身下時，一絲血忽然從她的鼻間淌下，宛如一記響雷敲在他頭上。

他在做什麼？

他竟然撲倒一個姑娘，跟她在地上翻滾，讓她滿鼻子都是血，他到底在幹什麼，被鬼附身還是瘋魔了？

如此一想，他的臉瞬間紅透，敏感地發覺她正坐在自己腹上，而且雙腿緊緊夾著他的腰側，這姿勢……實在太過曖昧……

「阿姊——」

一聲喊叫，穿透迷霧讓文丞佑回到現實，鬆開蒔香手腕的同時，席家兄弟已跑到面前。

「阿姊，妳流血了！」席式欽叫道。

「小事。」蒔香抹去鼻下的濕濡。

「少爺。」另一個聲音隨之響起。

蒔香望向門口，發現胡嬤嬤驚愕地望著兩人，桃花則是吃驚地張著嘴。

「快起來。」文丞佑脹紅臉，對還坐在他身上的女霸王斥責一聲。

蒔香也察覺到不妥，趕緊起身站在一邊去，文丞佑也順勢站了起來，胡嬤嬤衝到他面前。

「少爺，你沒事吧？」

「沒事。」文丞佑尷尬道。

「是我阿姊有事。」席式欽責備地看了文丞佑一眼。「你是不是打我阿姊？」

蒔香抽出手帕壓住鼻子。「阿欽不要亂講，我自己不小心撞到的。」

「騙人，一定是他打妳，妳才反過來要打他對不對？」席式欽氣憤道。

「少爺才不會打人。」桃花辯駁。

「好了，都別說了。」文丞佑斥喝道。

「蒔香，以後不許妳單獨跟少爺在一起。」胡嬤嬤厲聲道。不管剛剛起因為何，都於禮法不合，雖然社會風氣不禁止未婚男女單獨出遊、交談，甚至同桌共食，可也得有個限度，方才那般糾纏一氣都成什麼樣了！

「嬤嬤。」文丞佑不悅地蹙下眉頭。「去請個大夫過來。」
「不用了。」蒔香搖手。「流個鼻血有什麼好大驚小怪的。」
「妳鼻子跟嘴都受傷了。」席式欽瞪向文丞佑。
文丞佑一臉苦笑，現在他倒成了欺負弱女子的惡棍了。
「走吧。」席式銓拉著姊姊往外走。
「先坐著吧。」文丞佑示意蒔香先坐下。「桃花，去打盆水來，再讓管家送些傷藥過來。」
桃花欲言又止，望向胡嬤嬤。
「不用了，我自己有傷藥。」蒔香說道。
見文丞佑一臉愧疚，蒔香本想安慰他兩句，可看到胡嬤嬤走過來，一臉凶神惡煞的模樣，她把話吞進嘴裡，一聲不吭地往外走。
「妳還是別走動……」
見少爺要去拉蒔香，胡嬤嬤趕緊上前。「少爺。」
「又怎麼了？」文丞佑不悅道。「桃花，妳還立在原地幹麼？」
桃花趕忙道：「是。」

蒔香跟著兩個弟弟走出書房，臨走前席式欽還狠狠瞪他一眼，文丞佑張嘴要留人，胡嬤嬤上前道：「少爺，您可別犯傻。」

「說什麼妳！」文丞佑沈下臉。

胡嬤嬤大膽說道：「你可千萬別犯糊塗，讓蒔香給算計去了。」

文丞佑一臉狐疑，完全不明白她在說什麼。

見狀，胡嬤嬤只好再說得露骨些。「她若拿方才的事鬧起來，您怎麼辦？」拿方才的事鬧起來？文丞佑先是不解，可腦筋稍微轉了下後就明白過來了，他斥責道：「蒔香不會——」

「您怎麼知道不會？」胡嬤嬤處處進逼。「他們姊弟可是無依無靠，見了文府這棵大樹怎不巴著？您看她先是跟七姑娘套交情，搭上線後再跟大太太設套，步步進逼，如今她的目標自然是少爺——」

「夠了。」文丞佑打斷她的話。「我敬嬤嬤是母親身邊的人，可也不許妳亂嚼舌根，這話別讓我再聽到。」

「少爺……」

「好了。」文丞佑沈著臉，甩袖而去。

胡嬤嬤憂心地蹙緊眉頭。少爺果然涉世未深，竟會被此等伎倆瞞混過去，看來她得讓人給大太太遞個口信才行，晚了就麻煩了。

第四章

「是不是他打妳？妳說啊。」席式欽反覆追問。

蒔香瞪他一眼。「誰敢打我？跟你說了我不小心跌一跤摔到的。」

「無緣無故怎麼會跌倒……」

「你少說兩句。」席式銓扭乾濕布巾遞給姊姊。

蒔香按了下擦破皮的鼻子與上唇，鼻血已經不流了，不過上唇倒是隱隱刺痛，她拿了傷藥隨意抹了幾下。回房不久，桃花就送來傷藥，雖然沒說什麼，卻擺了臭臉給她看。

「好了，這件事不要再提了，也別去為難五少爺。」

雖然兄弟倆平時看著挺皮，還喜歡跟她頂嘴，卻最見不得她受委屈，之前在村子裡不過是有人罵她男人婆，席式欽就摸黑把人打了一頓。

「可是……」
「好了。」蒔香伸手揉了下席式欽的頭。
「頭髮會亂。」席式欽抗議。
「讓我知道你們去為難人家，小心我拿藤條抽人。」她警告。
「我會看著他的。」席式銓說道。
「好。」蒔香拍拍他的肩。「長大懂事了。」
「他是故意裝老成。」席式欽不屑道。
席式銓瞥他一眼，不與他計較。「姊，妳還是少跟五少爺接觸，那麼多眼睛看著。」
「什麼眼睛？」
席式欽小聲道：「我們看到桃花在書房前面偷聽，後來她急匆匆地走了，我們好奇跟在後面，結果遇到胡嬤嬤，她就開始打小報告。」
雖然沒聽清她跟胡嬤嬤說了什麼，可必然不是好話。
蒔香略微一想就明白了。「我知道了。」
「知道什麼？」席式欽問。

「小孩子不要問這麼多。」她敲了下他的頭。

「打我幹麼！」席式欽生氣地推開她的手。

蒔香笑道。「我該去找七姑娘活動筋骨了，你們別亂跑，好好唸書。」

兩人應了聲後，蒔香才出門去找七姑娘，沒想才彎過曲廊，就看到文丞佑站在欄杆前眺望。

聽見腳步聲，他轉過頭，眉頭緊皺地盯著她鼻子與嘴唇的傷口。「我已經讓管家去請大夫。」

她翻個白眼。「不過擦破皮看什麼大夫，不是瞎折騰嗎？我以前受過比這嚴重的傷也沒看大夫，還不是活得好好的。」

「這件事雖然是妳起的頭，不過我也有錯，我不該氣得失去理智，把妳撞倒在地，要是有個萬一——」

「好了，好了。」蒔香打斷他的話。「沒有萬一，我不是好好的嗎？」她故意在他面前轉一圈。「以後我不鬧你就是。」

想到胡嬤嬤那些話，文丞佑欲言又止。「妳——」

「蒔香。」胡嬤嬤不知從哪兒又冒出來。「姑娘正在等妳。」

「馬上來。」她不再與文丞佑交談，快步從他身邊離開。

文丞佑瞪向胡嬤嬤，右手握拳，要不是看在她是母親身邊的人分上，定要將她訓斥一頓。

瞧她的嘴臉就知道定不安好心，府裡嬤嬤們的刻薄他不是沒聽聞過，想到她可能會羞辱蒔香，文丞佑頓時坐立難安，悄悄地跟了上去。

走了一段路後，胡嬤嬤開了口。「妳要記住自己是來幹什麼的，不要有什麼歪心思，也不要亂說話，若傳出不利少爺的流言，我可不會與妳客氣。」

「什麼不利的流言？嬤嬤這話我聽不明白。」蒔香挑眉。

胡嬤嬤冷哼一聲。「明人眼前不說暗話，妳這種逮著了機會就想鑽的人我是見多了，也看過不少手段，妳這般大膽的我還是第一次見。」

「嬤嬤越說我越糊塗。」蒔香繼續裝傻。

「妳少給我裝蒜，我已經讓人回去告訴太太妳幹了什麼好事，我看過不了多久妳這差事也得砸了。」胡嬤嬤厲聲道。

文丞佑聽得火冒三丈。這個長舌婦，一丁點事就告狀！

「我見嬤嬤年長所以才總讓著，可您也別以為我好欺負，我的差事砸不砸不是妳說了算。至於五少爺的事，我要真有歪心思，早大聲嚷嚷了，死纏爛打讓他給我個交代，哪還會在這裡好聲好氣跟妳說話。」蒔香不冷不熱地說道。

「妳——」

「難道我說的有錯？」蒔香打斷她的話。「我都沒說什麼了，妳一來就酸言酸語往我身上潑？」

「倒是個伶牙俐嘴的。」胡嬤嬤凌厲地瞪她一眼。「妳要真沒心思，怎麼老往少爺面前湊？」

「嬤嬤我問妳，一天十二個時辰，扣掉我睡覺的時間，我在七姑娘那裡幾個時辰，在五少爺跟前幾個時辰，您記性好，說來給我聽聽。」她皮笑肉不笑地問。

胡嬤嬤一聽，頓時語塞。扣去睡覺的時辰，蒔香與七姑娘大半時間都在一起，五少爺則是到莊外與齊老爺子還有其他村民一塊兒討教農事，大半天也不見個人影，才來幾天都曬黑了。

等少爺回來，兄妹一塊兒說話，蒔香自然也在場，奴婢、嬤嬤們也都在，蒔香也沒做出什麼出格的事來，就是有時說話不客氣，喜歡與文少爺鬧上幾句，逗得七姑娘呵呵直笑。

她也曾細心觀察過蒔香與五少爺的神情，並未發現有何不妥，蒔香也從沒做出什麼眉目傳情的小動作，若不是方才在書房中見到兩人滾在一塊兒，蒔香又坐在少爺身上，她哪會懷疑？

而在一旁偷聽的文丞佑忽然佩服起蒔香來了，她雖然偶爾鬧騰得讓人受不了，可絕對不是沒腦子的人，三言兩語就把胡嬤嬤堵得說不出話來。

見她語塞，蒔香也沒咄咄逼人，只道：「五少爺不是蒔香可以高攀得起的人，嬤嬤不用多心。」

「若真如妳說的那般自是最好。」胡嬤嬤冷笑。「不過剛剛的事裡難道是老婆子花了眼？妳個鄉下丫頭就沒半點廉恥，跟男人滾在一塊兒，還騎到——」

「嬤嬤。」一聲斥責傳來。

兩人驚訝地看著跟在後頭的文丞佑。

「什麼話該說什麼話不該說，嬤嬤還要我教嗎？」他冷聲道，這些話若傳到外頭，對蒔香的名聲有害。

胡嬤嬤垂下眼，應了一聲，可心裡卻在嘀咕，莫不是你們兩個做出如此出格之事，當老婆子喜歡管閒事？

瞧著文丞佑三番兩次維護她，蒔香其實挺感動的，可一想到嬤嬤的話語，便警覺起來，把這份感動與好感活活掐滅。

他們兩人相差太大，不是良配——

她故意勾起笑，促狹地以手指在自己額上畫了一道。「少爺還是趕緊洗了吧。」

驀地想起額上還沾著墨汁，文丞佑一陣困窘。

蒔香笑了笑，福身離開。

文丞佑站在原地看著她走遠，腦中迴盪著她的話語：五少爺不是蒔香可以高攀得起的人，嬤嬤不用多心。

她的話說得透澈，卻讓他有種莫名的失落感，如同放紙鳶，前一刻還瞧著它繫在手中，轉瞬它就斷了線，飛上天去，離得越來越遠……

他不自覺地嘆口氣，不敢深想，只是又望了一眼遠去的身影才默然離開。

✿ ✿ ✿

自那天起，蒔香與他說話都規規矩矩的，即使偶爾說笑兩句又警覺起來，收了笑意，正正經經與他對談，就像一個教養良好的千金大小姐。

文丞佑自然明白她態度變化的緣由，也沒質問她何以如此，他們都曉得那天在書房，有些擦槍走火了。

他不敢深思自己對蒔香究竟是何感覺。有些事不能多想，一想怕就無法遏止。

過了兩天，大太太來人，讓文丞佑回府一趟。臨去前一天，他讓雙生子同他一起進城，蒔香一聽可開心了，文丞佑定是要帶他們去書院，她滿面笑容，卻不忘問道：「當初我與你娘約定事成之後再——」

「不差這兩個月，我先帶他們去見見老師。」

蒔香喜上眉梢，忽然有種願望實現的解脫之感，父親孜孜念念的就是讓兩兄弟唸書科考，如今總算完成——不對，還不算完成，只要事情還未拍板確定，都有可能變卦。

她不是傻子，自然明白大太太讓五少爺回去的原因，怕是擔心他與自己有私情，雖然她不認為大太太會聽了胡嬤嬤的口信就對她失去信任，可她畢竟不是太太肚裡的蛔蟲，無法肯定大太太會不會因此對她產生厭惡，只能走一步算一步。

推了兩個弟弟一下，她指示道：「還不謝謝五少爺？」

兩兄弟行禮致謝，文丞佑示意他們不用多禮。

「是好事呢，要不我們慶祝慶祝？」文青靈細聲細語地說道。

來莊子已有旬日，她感覺腰身和臉蛋明顯瘦了，精神也比以前好，雖然每天活動身子挺累的，但因為效果顯著，她還是咬牙堅持下來。

原本不打算見外人的，她最不喜別人見到她時，目光中的驚訝、憐憫與取笑，可幾次聽蒔香說到雙生子調皮搗蛋的趣事，就想見見他們，果然不是一家人不進一家門，兩兄弟長得一模子印出來的，鬼靈精的模樣與蒔香也有幾分相似。

而且他們見到她規規矩矩地行禮，眼裡只是好奇，倒無令人不舒服的憐憫與同情。

慶祝最簡單的方法就是煮一桌豐盛的菜餚大家吃吃喝喝，蒔香挺喜歡在屋外烤肉的，可顧及到七姑娘不想拋頭露面，他們便在後院架起火堆燒烤，蒔香與廚娘準備了許多清涼的蔬果、醃漬菜，還有甜湯，搭配烤肉，眾人吃得齒頰留香，大呼過癮。

蒔香特別叮囑海棠與桃花留意七姑娘的吃食，切記不可過食，也別淨吃油膩的烤肉，得跟蔬果搭配才行，她並不讓她忌口，卻得適宜。

蒔香拿著西瓜大快朵頤，文丞佑看她吃得津津有味，嘴角不由勾起笑。

七妹叉起切好的西瓜，小口小口吃著，十分秀氣，蒔香則是直接拿著西瓜片就口。

察覺到有人在看自己，蒔香抬頭往文丞佑望去，他正低頭吃著黃瓜絲，她掃了眼七姑娘與弟弟，他們也吃得專心，她疑惑地低下頭，大概是自己多心了。

她一低頭，文丞佑的目光又向她掃去，待蒔香再次抬頭時，他又假裝忙碌地吃東西。

這幾天，她的態度很明顯，不再像之前那樣百無禁忌地與他說話，也不再提議做任何比賽。

他也不敢打破兩人之間的僵硬與不自在，並非他顧忌胡嬤嬤，而是婚姻大事不是他能作主的。

大哥以前喜歡過一個姑娘，家世與文府也挺匹配，可祖母另有中意人選，大哥雖同母親爭取過，可沒什麼用，最後還是娶了祖母娘家那邊的人。

大哥當時的痛苦與意志消沈他都看在眼裡，不想重蹈覆轍，婚姻大事不是自己能說了算的，既然無法作主，不如不要起頭。

他覺得這樣挺好，在他開始覺得蒔香可愛時，就將苗給掐了，否則後患無窮。蒔香定也是明白其中的道理，所以寧可與他保持距離……

明明想得如此通徹，為何還是感到若有所失？

嚴格說起來，蒔香並不適合他，她太隨心所欲了，而他喜歡規規矩矩地做事，那麼自己為何會在意她，明明就受不了她的性子不是嗎？

一旁的席家兄弟，一個吃得正歡，一個表情冷靜地在文丞佑與姊姊間游移。在他看來五少爺對阿姊有點意思，否則怎麼老偷看她？

吃飽喝足後，文青靈對於吃下太多東西而感到不安，她藉口賞花，在花園信步遊走，席式欽則拖著席式銓去村子找玩伴。若他們真進了書院，以後再見同伴的機會大概不多了。

「我有東西要給妳。」

「什麼東西？」蒔香疑惑道。

「跟我來。」他推開椅子起身。

「胡嬤嬤在看我們了。」蒔香提醒。

「她要看就讓她看。」文丞佑不悅道。

蒔香調侃道：「好吧，竟然少爺脾氣來了，我還是乖乖聽話。」

他笑道：「走吧。」

胡嬤嬤看了兩人一眼，雖沒多嘴，卻是跟了上去。

文丞佑雖心裡不喜，但也沒禁止她跟來，他與蒔香坦坦蕩蕩，沒什麼不能讓人知道的。

穿過曲廊，走了一小段路後，文丞佑跨進書房，拿起桌上的畫紙遞給她，蒔香好奇地打開，旋即笑道：「不是說不畫了嗎？」

共有四張畫紙，全是黃二少。

「本來想再多畫幾張，可越畫心情越糟……」他搖頭，作畫得看心情，對著一個討厭的東西實在畫不下去。

蒔香噗哧笑道：「難為你了。」

她攤開畫紙，讓站在門口的胡嬤嬤瞧幾眼，免得她疑神疑鬼。

「我走了後她若為難妳，妳就託人告訴我。」文丞佑低聲道。

蒔香也壓低聲音。「少爺放心，她動不了我，我一腳就能讓她三個月下不了床。」

笑意浮上他的面頰。「別又淘氣了。」

她抬起眼，見他一瞬不瞬地盯著自己，莫名地有些心慌，她低下頭，簡潔道：

「嗯，不會了。」

他還想說些什麼，卻又不知該說什麼，卡在喉間的話語，終究落入了肚腹中。

第五章

回去後，文丞佑第一件事便是向母親報告七妹的近況。

聽到女兒瘦了些，大太太自是十分歡喜。

「送她去莊子果然是對的。」

又問了文青靈在莊子的情況，大太太話題一轉，問道：「你跟蒔香是怎麼回事？」

「胡嬤嬤跟母親告的狀？」文丞佑心裡不痛快。「就一個奴才也來管我的事……」

「你也別惱，是我讓她有什麼狀況就跟我說的，她也上年紀了，除了嚴肅點心眼小點，也沒其他毛病，你何必跟她過不去？」大太太銳利地看著兒子。

「兒子若真的跟她過不去，早把她攆回來了。」就因為敬她是母親身邊的老人，才沒當場發作。

「你跟蒔香怎麼回事？」她把話題拉回。

「沒怎麼樣。」文丞佑垂下眼，規矩地說。「母親別聽胡嬤嬤的閒話，莫壞了蒔香姑娘的名聲。」

「你把她兄弟帶回來了？」

「嗯，一會兒讓母親見見，都是唸書的好苗子。」

「之前見你還對她挺不滿，現在對她的事這麼上心？」

文丞佑正色道：「母親想哪兒去了，我是看她兩兄弟都是可造之材才帶回來的，難道孩兒提攜後進也錯了？」

文連氏笑了下。「若他們真是可造之材，拉拔點也沒什麼，對咱們來說也是舉手之勞。」

更別說對自家兒子的名聲也好，廣結善緣在仕途上挺重要的，若將來兩兄弟出息了，也欠文府一個人情，對富貴人家來說，書院那點花費真算不上什麼。

「孩兒正是這樣想的。」文丞佑微笑。

「把他們安頓好後再帶來讓我看看。」大太太頓了一下，轉了話題。「明天你嫂子邀了些人到家裡作客，你可別跑得不見蹤影。」

文丞佑自然明白母親的意思，是給他相看幾個姑娘。「剛回來的時候正好在街上遇見仲楹，約了一起喝茶……」

「與客人打聲招呼，說上幾句話花不了多少時間。」她堅持道。

文丞佑擰著眉心，過了一會兒才道：「孩兒曉得了。」

母子倆又閒話幾句，才讓他去歇息，待他一走，文連氏擰眉喝了口茶。

出去一趟，回來就鬧彆扭了。

想到以前只要跟兒子提起婚事，或是讓他相看哪家姑娘，他只會短短地說句：「一切由母親作主。」

如今卻是不同了，悶不吭聲的，還說要出去見朋友，難道真喜歡上蒔香了？

對蒔香，她是挺喜歡的，就是身家與他們家不般配，娶妻自然要娶對兒子有助益的，除了打理好家裡，最好能在仕途上也幫忙。

倒不是說她想娶個家世顯赫、女方家權勢大過自家的，那種的她也不敢要，萬一娶個氣焰囂張、頤指氣使的回來，還不是自己活受罪？

再者妻子身分太高，丈夫還得低聲下氣，那也不好，不若娶個小門小戶的賢慧姑娘，只是蒔香家連小門小戶都搆不上，而是端不上檯面的赤貧戶，就算她勉強同意了，婆婆那兒也過不了。

文連氏坐在椅上發呆，直到奴婢通報大媳婦來了，方才神遊回來。

「母親。」文張氏行禮後，立在一旁。

「坐。」文連氏說道。大媳婦張氏是婆婆屬意挑選的，是婆婆娘家那邊的閨女，知書達禮，進退應對十分得體，與兒子相敬如賓，對自己也尊敬，稱得上是一個好媳婦。

只是張氏性喜安靜，平時也不多話，與大兒子風風火火的個性大相逕庭。婚前，兒子與洪老將軍的孫女處得還不錯，那姑娘她也見過，爽朗大氣，騎馬射箭都是一等一的，與人說話總是神采飛揚，笑起來在幾尺外都能聽見。

她知道大兒子喜歡，也在婆婆面前提起，卻給打了回票，洪老將軍的孫女與他們身家匹配，可婆婆不喜歡性子活潑好動的，覺得她們粗魯，再說娘家那邊怎麼都比洪家親近，張氏又知書達禮，婆婆見過幾次，很是滿意。

親事就這麼定了下來，大兒子一句沒說，與朋友出去喝了幾天的酒，後來讓她訓斥了一頓便不再折騰，隔年洪姑娘嫁到京城，出嫁那天，大兒子又醉了一天……

「母親。」

「啊？」文連氏回過神來。「妳剛剛說了什麼？」

「母親是不是有什麼心事？」張氏問道。

連氏微笑。「沒什麼，方才丞佑講了些莊子的趣事，一時失了神。」

張氏點點頭，沒再就此話題打轉，說起了明日邀請各府千金的事宜。

翌日，文丞佑待在書房指點兄弟倆功課，他已經與書院的恩師約好三天後拜訪，屆時將帶他們一起去。

接近午時時分，小廝過來傳話，說母親讓他到後花園去，他在心裡嘆口氣，交代兄弟倆幾句後，才意興闌珊地往後花園走去。

途中遇上了六弟跟八弟，也是被母親叫來的，反正一個也是看，兩個也是看，不如讓二房跟三房的少爺也一起過來。

「八弟，你怎麼了，滿身大汗？」文丞佑疑惑道。

「剛踢完鞠球回來，就給叫過來了。」文丞憲笑道。

「也該換了衣服再過來，臭烘烘的。」文丞民性喜乾淨，嫌惡地看他一眼。

文丞憲不在意道：「就是要讓她們一幫姑娘瞧瞧我真實的模樣，讓我裝成你們這般虛偽，三個字——辦不到。」

「你才虛偽。」文丞民瞪他一眼。「一身臭汗就是真實模樣？怎麼不把衣服都脫了，赤條條的更真實。」

文丞憲哈哈大笑。「那不行，母親會讓我活活氣死。」見文丞佑一直沒搭腔，他問道：「怎麼做起悶葫蘆了？五哥，現在才發現你好像黑了點。」

文丞佑微笑。「在莊子曬的。」

「七妹還好吧？」他又問。

「嗯，比在府裡心情開朗。」

「那是，在外頭可比關在房裡好，心胸才開闊。」文丞憲附加一句。「要我說，再找人打黃二少一頓才解氣。」

「胡說什麼。」文丞民瞪他一眼。「這事能隨便說嗎？」

「就我們三個在，說說有什麼關係，你就是成天神經兮兮的。」文丞憲吐他一句。

文丞民不理他，轉向文丞佑。「聽說你帶了兩兄弟回來。」

「嗯，是蒔香的弟弟。」文丞佑簡單地把來龍去脈說了一遍。
文丞憲讚賞道：「能讓你說資質好，必然不差，一會兒我去看看他們，難怪蒔香這麼拚命攢錢。」
文丞佑疑惑地望向他。「你也曉得蒔香？」
「當然知道，之前我從外頭回來肚子餓，就自己到廚房找吃的，她做的麵可好吃了，我一高興還賞了她幾個銅錢，她說話可有趣了——」文丞憲靈光一閃。「對了，我怎麼沒想到，娶嬌滴滴的姑娘不如娶蒔香來得好。」
文丞佑驚愕地望向他。這什麼跟什麼?!
「八弟別亂說話。」文丞民皺眉。
「我是說真的，我見過蒔香，她性子活潑跟我挺合適，讓我娶個秀秀氣氣的姑娘成天管我，不把我悶死？」文丞憲越想越有道理。「反正我是庶子，不像你們那麼注重女方身家，我寧可找個合得來的，過自己日子——」
「不行。」文丞佑打斷他的話。
「為什麼不行？」文丞憲不解。
文丞佑頓時語塞，幸好文丞民插了進來。「別說了，到了。」

園子裡約有十來位姑娘，年紀從十二到十六、七歲都有，大太太、二太太還有大嫂張氏都在，見他們三人過來，熱情地招手。

原本吱吱喳喳說話的小姑娘好奇地望過來，三人頓時感到一陣不自在，不過表面上自是看不出來，文丞佑眼觀鼻鼻觀心地走到母親還有二嬸面前行禮。

接著便是與各位姑娘見禮，說上幾句話。文丞佑一直有些心不在焉，他還因著八弟的話而無法反應。

如果八弟真的娶了蒔香……他頓時感到心煩意亂，原想著各自嫁娶，天涯一方，再見不到面就算了，但她若嫁給八弟，那便是活生生的折磨……

雖說半年後他就會離開府邸，但不可能永遠不回來，到時他得喚她弟妹，她則喊他五哥——

「五哥、五哥……發什麼呆？」

文丞佑從可怕的想像中回到現實，文丞憲小聲問道：「想什麼？」

「沒。」他覺得額頭都沁出冷汗了。

像珍禽異獸般讓姑娘們看了一會兒，禮貌地說了幾句話後，三人終於得以鬆口氣離開。跟一群女人在一起怎麼都不自在。

文丞憲討厭這種被人鑑賞的感覺，他寧可男男女女大家一塊兒到城外郊遊，互相認識，而不是像木頭一樣杵在原地讓人觀看。

「走，五哥，去看蒔香兄弟，包不準他們以後就是我的小舅子了。」

文丞佑惱火道：「胡說什麼，這話傳出去能聽嗎？沒的壞了人家姑娘名聲。」

「是啊，你好歹也先問過蒔香姑娘的意思，哪有自己一頭熱地胡扯。」文丞民也道。

「要不，我現在就去莊子問蒔香。」文丞憲立刻道。

文丞佑斥喝道。「你怎地說風就是雨，婚姻大事豈可兒戲？」

「我又說錯什麼了，你怎麼朝我發火呢？」文丞憲丈二金剛摸不著頭緒。

察覺自己太過激動，文丞佑緩了下來。「一會兒你見到人家兩兄弟可別亂說。」

「我哪有亂說，我是認真考慮把蒔香娶進門。」文丞憲說道。

「你——」文丞佑怒目而視。

望著氣急敗壞的五哥，文丞民福至心靈說道：「五哥，你該不會也喜歡蒔香吧？」

文丞憲的下巴差點掉下來，文丞佑則是莫名地紅了臉。「胡扯什麼！」雖然依舊大聲斥責，可他尷尬的神情早已洩漏真實念頭，文丞民看看五哥又看看八弟，驀地笑了起來。

「難怪從剛剛就一直罵我。」文丞憲總算明白了。「你喜歡就說啊，難道我還會跟你搶？」他豪氣地說。

他想娶蒔香不過是想到兩人性子合，相處起來愉快，並非對她有什麼情愫，所以聽到五哥喜歡蒔香，也沒不高興，就是覺得幹麼不痛快說出來。

「你們兩個別胡說。」文丞佑真是又尷尬又無奈。「我與她沒什麼，母親不可能讓我——」他戛然而止。

雖然他話未說完，可文丞民、文丞憲一聽便明白了，身家是差得有些多。

「所以我才說跟我勉強湊合。」文丞憲笑笑地說，語畢又趕忙解釋。「我沒什麼意思，既然五哥喜歡，我是不會再動心思。」

文丞佑揮揮手。「別再說了。」

見文丞佑沈著臉不願再提，兩人對看一眼，便識相地轉了話題。

三日後

日陽可真大。

蒔香戴著斗笠，瞇眼望向藍天，旋即低頭繼續採山莓。甜甜酸酸的山莓最適合在夏天吃了，放在井水裡冰鎮更是美味，還能做各式糕點。

「蒔香好了沒？太陽大了該回去了。」

堂姊在另一邊喊，蒔香嚷道：「還差一點籃子才滿。」

「別摘了。」席蘭香朝她揮手。「走吧。」

「好。」蒔香也沒堅持，反正山莓就在這兒也不會跑，涼點再來採也是一樣的。

兩人一塊兒走下山坡，到另一頭的小溪上坐著，太陽曬不到這兒，涼快得很，兩人先潑水洗了洗臉，還嫌不夠去暑，乾脆脫了鞋浸在溪水裡。

「啊……舒服……」蒔香發出一聲呻吟。

「瞎喊什麼？」席蘭香推了她一下。

「怎麼了？」蒔香莫名其妙地看著她。「難道妳不舒服？」
席蘭香瞪她一眼。「不跟妳說了。」
見她臉兒泛紅，蒔香恍然，取笑道：「想歪了妳。」
「瞎說什麼。」席蘭香又瞪她一眼，堅決不承認。
「要成親的人就是不一樣。」蒔香調侃道。待堂哥完婚後，接下來就是蘭香了。
「又胡扯。」席蘭香紅著臉捏了下她的嘴。
蒔香痛呼出聲。「妳輕點，傷口還沒好呢，明明想歪的人是妳，還怪我。」
席蘭香假裝沒聽見，問道：「妳怎麼摔的？幸好沒破相。」
「一點小傷，沒什麼大不了的。」蒔香無所謂地聳肩。
「妳啊，也該有點女兒樣，別成天竄上竄下的。」一定是她頑皮才會受傷。
「年紀也不小了。」
「唸得我耳朵都癢了。」蒔香故意拉拉耳朵。
「妳這小鬼。」她生氣地撓她的癢。
蒔香笑著拍她的手，兩人鬧成一團，待鬧夠了，蘭香才道：「王媒婆說隔壁村有個男的還不錯，只有一個老母親，家裡幾塊薄田，養妳跟兩兄弟沒問題，就是他母親出了名的不好相處，人又小氣……」

「那樣的人眼光高，怎麼會看上我？」蒔香笑問。

席蘭香尷尬一笑。「也就是左挑右挑，挑得久了，年紀都大了，做母親的才開始急了，再加上病了，所以想娶個媳婦回來伺候。」

蒔香趕忙道。「千萬別，不去還好，我一去包准沒兩日就讓我氣死了。」

席蘭香噗哧笑道：「說什麼妳。」

「那樣的還是別了吧，妳也曉得我個性，怎麼可能當受氣包？把我惹火了，隨口頂個兩句，她就插隊到閻王那兒擊鼓鳴冤了。」

蘭香又是笑又是捶。「留點口德妳。」

「我說得還不夠婉轉？」蒔香好笑道。「好姊姊，就別操心我了。」

「我這不是擔心妳嗎？雖然妳跟文府簽了三年約，可約上沒說不能成親，妳幹麼等三年後……」

「我想多存點錢。」

「我知道阿銓書讀得好，可妳也給自己存點嫁妝。」席蘭香苦口婆心地勸道。

「小倆口一起賺，不是賺得更快——」

「啊，兔子！」蒔香興奮地指著草叢。

「管牠做什麼，跟妳說話呢——」

「我去抓兔子，一會兒再聽妳嘮叨。」蒔香穿上鞋，跳起來追兔子去。

「為妳好還說我嘮叨！」席蘭香氣道。

蒔香追著兔子跑，偏偏身手沒小時候靈活，每回要抓到時，又讓牠溜了。

幾尺外，站著一人，看著蒔香東撲西撲地像個小猴兒，再也忍不住笑了起來。

幾天不見，她還是如此活力十足，神采飛揚。

突兀的笑聲把蒔香給驚動了，她不再追著兔子跑，而是望向左前方。一個熟悉的身影立在樹下，青袍染著幾許流光，俊秀的臉上掛著一絲笑意。

蒔香愣愣地望著對方，一時沒反應過來。「你怎麼……在這兒？」

他不是回去了嗎？

「我送兩兄弟回來。」文丞佑不疾不徐地說道。「在前頭遇到齊老爺子，他說妳在這兒。」

他是說過辦完事就送回來，可才幾天事情就都辦好了？

蒔香探問道：「帶他們去書院了？」

「嗯。」他盯著她紅撲撲的臉蛋，想到方才她追兔子的模樣倒是好笑。明明就是個野丫頭，怎麼就上心了？

蒔香喜道：「成了？」

他頷首。「成了。」

蒔香歡呼一聲，覺得什麼苦都值了，她上前激動地拉住他的手上下搖晃。「太感謝你了，來世我做牛做馬——不好，不好，做牛做馬太辛苦了，這輩子已經夠累了，來世我一定當你的貴人，給你一大筆錢……」

她開心的模樣也感染到他，勾著笑意聽她嘰嘰喳喳說個不停。

突然察覺自己拉住他的手，蒔香趕緊又放開。「我太激動了，別誤會。」

他突地說了一句。「來世太久了，這輩子就還吧。」

她怔住。「可是我沒錢。」

「蒔香，妳跟誰說話？」聽見樹林裡蒔香的叫嚷，蘭香走了過來，初見陌生男子把她嚇了一跳，但很快反應過來。「這是……」

「是文府的五少爺。」蒔香說道。「少爺，這我堂姊。」

「蒔香受您照顧了。」蘭香客氣道。

「哪裡。」文丞佑也客氣地回道。

「五少爺說阿銓他們能進書院了。」蒔香迫不及待地分享好消息。

「真的？」蘭香驚呼一聲。

兩姊妹開心地拉著手又叫又跳，文丞佑好笑地看著兩人像小孩一樣又蹦又跳，他站在原地等她們恢復正常，不過是幾個呼息的時間，蘭香已察覺到自己失態，連忙鬆開蒔香的手，輕輕咳了幾聲。

「少爺是那兩個臭小子的大恩人。」蘭香讚嘆道。

文丞佑笑笑地沒說話。

「少爺今天住莊子還是一會兒要回去？」蒔香問道。

「一會兒就得回去。」

「我剛剛摘了一大籃山莓。」蒔香往溪邊走。「放在溪裡冰冰涼涼的可好吃了，你一定沒吃過。」

蒔香將山莓包在手巾裡，然後再放進溪水裡冰鎮。「得等一會兒，坐。」她拍拍身旁的草地。

見他面露遲疑，她幡然領悟。「我又忘了你們大戶人家的少爺小姐規矩多，讓胡嬤嬤瞧見指不定要罵我狐狸精，文府堂堂五少爺，以後還是縣太爺，哪能跟個鄉下野丫頭坐在草地上，存的是什麼心啊？」

他笑出聲。「妳說話總這樣一套一套的，把人弄得哭笑不得。」他在她身邊坐下。

蘭香看看堂妹又看看文丞佑。那個叫胡嬤嬤的為什麼要說蒔香狐狸精，難道他們兩人……

「姊，妳在那兒發啥呆？」蒔香隨口問道。

「沒，我……我也該回去做午飯了。」她提起籃子。「有空了我再來找妳。」

「好。」蒔香頷首，朝她擺擺手。

「妳在這兒倒是愜意。」他望著遠山，農舍與稻子，伴著涼風徐徐，讓人心曠神怡，身體也放鬆下來。

「你脫了鞋把腳浸在溪水裡，包准你舒服得升天。」她說道。

他笑而不語。

「我說真的，要不是你在這兒我早脫鞋了。」她頓了下。「小時候我跟村裡的鼻涕郎還有二狗子最愛到這兒玩水，那時衣裳濕了也沒關係，可長大了就多了一堆規矩，這不能那不行的。」

「沒規矩不能成方圓。」他順口道。

「知道，就你規矩多。」她取笑。

她仰著笑臉，頰邊幾絡髮絲在微風中吹動，她的鼻梁與雙頰因為日曬而泛紅，大大的雙眸黑白分明，如今閃著幾抹促狹，嘴角勾著笑意，讓她的臉蛋更添動人的光彩。

文丞佑有股衝動想摸摸她的臉，血液在身體裡加快流動，呼吸也緊促起來。她是如此朝氣蓬勃、神采奕奕，讓人也跟著快活，方才趕路的疲倦瞬時消失無影。

其實他根本不須親自送雙生子回來，可就是壓抑不住內心的渴望，他想親眼目睹她聽見兄弟倆能進書院時高興的神情，想聽她妙語如珠、調侃人的淘氣模樣，所以他來了，就為了見她。

他很高興自己作對了決定。望著她在陽光下發光的小臉，他緩緩抬起手——

第六章

「你怎麼了？」蒔香察覺到他的異常，出聲詢問，他怎麼直瞅瞅地盯著她？

文丞佑回過神，尷尬地收回剛抬起的手，有些不自在。「沒什麼。」

「騙人，明明不對勁，我又不是三歲小孩。」她腦筋一轉。「是不是大太太罵你了？」

「為什麼這麼想？」

「胡嬤嬤。」她提醒他。「雖然我覺得大太太是挺明理的人，可我怕她聽了讒言就不辨是非了，如果有什麼我能解釋的……」

「妳先前說要做牛做馬——」

「不做牛做馬。」她嚴正聲明。「我是說下輩子當你的貴人。」

「下輩子太遠了。」他好笑道。「有件事我一直下不了決心，妳幫我出主意。」

她好奇地點頭。「什麼事？」

「母親幫我選了一門親事，我並不喜歡。」他仔細觀察她的反應。

她先是一愣，繼之說道：「你沒告訴大太太嗎？」

「當然說了。」他蹙眉。

看他的表情應該是說了也沒用，她不知該給什麼建議，只能沈默。婚姻大事豈是外人所能干涉的。

「妳見過我大嫂嗎？」他問。

「在大太太那兒見過一次，不過沒說過話。」她又加上一句。「看得出教養很好，是個大家閨秀。」

「我大哥結婚前喜歡過一個姑娘……」他簡短地把事情說了一遍，並沒細說對方姑娘的身分。

蒔香露出詫異之色，沒料到他會跟她說這些，想必是心情不好，所以才想找個人說說話，思及此，她有些同情。

小門小戶的婚姻雖說也是雙親作主，可幾乎都會聽取子女的意見，只要子女有喜歡的對象，便樂見其成，像她堂哥堂姊都是如此，就連她的雙親也是互相瞧著喜歡，父親才登門提親的。

可大戶人家就不同了，家世很重要，家族利益也得擺上，子女的喜好是擺在最後頭的，當然並非富貴人家的父母都如此功利，只是比例上佔了多數。

雖然她覺得文丞佑有些少爺習性，可不是難相處的人，否則她也不敢那樣逗他。長這麼大，一個人人品的好壞她還是分得清的。

如果他不是大戶人家的少爺，她覺得跟他作伴也不錯……

蒔香讓自己的念頭嚇了一大跳。她在胡思亂想什麼?!

她對文丞佑可沒意思，不過是見他一本正經所以才逗著他玩，可沒別的心思，他們兩個差太多了，不可能的。

「你是不是不想步上你大哥的後塵？」她趕忙找個話題，免得自己胡思亂想。

「以前沒覺得，現在……」卻不同了。後半句文丞佑沒說出來，只在心裡苦笑。

「要不你逃家好了。」蒔香也想不出什麼好法子，逃跑是最簡便的。

「逃家？」他蹙眉。「如何做得，豈不傷了父母的心。」

「你別嚷嚷著逃家就行了。」她白他一眼。「你就說……嗯……去遊山玩水。」

「遊山玩水？」他挑眉，這倒是從沒想過。

「書上不是說了嗎，行萬里路勝讀萬卷書。」她越說越覺得可行。「你今年多大了？」

「二十。」

「那就是了，你又不是長子，父母對你會寬容些，像鼻涕郎他家，大哥十八就結了，二哥二十一才成親，瞧，晚了三歲，到了鼻涕郎，今年都二十了也沒人催。」

文丞佑點點頭。母親正是覺得他不用那麼急著成親，所以才想慢慢相看，幫他找個合意的，也沒料到一看就是半年多，依舊沒個順眼的。

見他神色動搖，她又加油添醋。「反正你的任命不是再半年就下來了嗎？多好的藉口，你就說以後當了官不像現在自在，正好趁此去歷練歷練，看看各地風土人情，這些都是以後當官的資糧。」

文丞佑神色怪異地看她一眼，她揚起下巴。「怎麼，想不到我還真能給你出點子？」雖然她一開始是胡扯的，不過還真給她扯出點道理來了不是？

「是小看妳了。」忽然間，他覺得胸口的悶氣全數散去，有種豁達之感。

「除了見識各地人文風土，你再順便找個自己喜歡的姑娘，不是兩全齊美嗎？」她越說越興奮。「說得我都心動了。」

他神色一動，探問：「妳也想出外遊歷？」

「自然想過。」她瞥他一眼。「你不會以為我是個鄉野村夫就沒見識，我們村子裡也有人早年在外遊歷，中年才回鄉定居，我小時候他們常在大樹下說外頭如何如何，山多高海多寬，還有猴子耍雙刀呢！」

說著說著她越來勁，開始把她聽到的奇聞軼事全掏了出來，雙眼熠熠、神采飛揚的模樣讓文丞佑看得入迷。他沒見過像她表情這麼生動的姑娘——當然她的頑皮也是無人能及。

像她這樣的姑娘到哪兒都能活得很好，即使跟著他去窮鄉僻壤定也能找到樂趣，想著想著，他的心情愈來愈好。

待蒔香說到一個段落，才驚覺自己像嘮叨似地說個不停，不過……瞧他的樣子並無不耐煩之色，望著她的樣子也挺溫柔可親的，黑眸專注地盯著她，似要把她看穿……

蒔香的心跳莫名快了起來。不知是不是她多心，總覺得文丞佑今天瞧著自己的模樣怪怪的。

「你做什麼這樣看著我？」她忍不住問道。

「怎樣看著妳？」他挑眉。

蒔香張嘴，卻不知怎麼說，她對男女之情一向沒什麼自覺，又加上兩人身家背景差那麼多，胡嬤嬤成天在她耳邊叨唸不要妄想、不許勾引五少爺，她也視為理所當然，文丞佑又豈會不明白這道理……

應該是她多心了，興許他只是聽得入迷，才面露嚮往之情。

「沒什麼。」她搖手。「山莓應該夠冷了。」她從溪裡撈出帕子，讓他試吃看看。

他拿了一個紅豔的山莓就口，冰涼又酸甜的滋味果然可口，他面露讚許，又伸手拿了一顆。

「好吃吧？」她得意道。

「果然不錯。」他頷首。

「你再把腳伸進溪裡會更舒服。」

他好笑道。「妳還真是固執，看來我不把腳伸進溪裡妳不會死心，說不定一會兒把我推下去。」他順手解開鞋襪，雙腳浸入溪裡，沁透的涼意讓他倒抽口氣。

她笑了起來。「怎麼樣，是不是暑氣全消？」

他舒服地吐口氣。「確實舒服，妳也泡泡腳。」

「不行。」她拒絕。

「怎麼？」

她瞥他一眼。「你不是最講規矩的，姑娘家能在男人面前赤腳嗎？」

他挑眉。「原來我們顛倒過來了，妳講規矩，我隨興。」

她噗笑出聲。「沒錯。」其實她很想脫鞋泡腳，可若讓人瞧見又有閒話了。

文丞佑踢了兩下水，舒服地仰躺在地，雙手枕在腦後。

見他突然隨興起來，她還真有些不習慣。

「蒔香。」

「嗯。」她遞個山莓給他。

他張嘴示意她放進嘴裡。

她故意從幾寸高的地方往下丟進他嘴裡。「還真當自己是大爺。」

他微笑道。「別人伺候不稀奇，讓妳這野丫頭伺候才稀罕。」

她贊同地點頭。「那是，還得看我的心情，要是惹了我，一籃子山莓都給你塞進去。」

他揚眉。「妳可真野蠻。」

她瞪他。「我哪裡野蠻了，人不犯我我不犯人，我要是個軟綿的，還能站在這兒？」

想到她雙親都已過世，他不由升起一股憐憫。「把兩個弟弟都送進書院，妳呢，打算怎麼辦？」

「什麼怎麼辦？我還得在你家做工三年呢。」

「三年後呢？」

她搖頭。「還沒想那麼遠。」

「那時妳都成老姑娘了。」

她瞪他一眼。「我有喊你老人家嗎？這世道對女人就是不公平，男子二十年輕有為，姑娘就人老珠黃，什麼道理？」

他笑道：「那是，方才妳不是說要給我報恩嗎？」

她警戒地看著他。「你要我做什麼？」

「給我做飯吧。」

「啊？」她一臉茫然。「做飯？什麼意思？」

「我上任時想帶個廚娘一塊兒過去，出門在外最怕吃食不習慣。」他說得理所當然。「妳方才不是說了，也想出去遊歷遊歷。」

蒔香瞠大眼。「你是說真的嗎？」

他頷首。「妳不是還得在文府做三年，跟著我也是一樣的。」

她面上一喜。「好啊、好啊……不行、不行。」

他揚眉。「到底行還是不行？」

「我不能丟下弟弟……」

「誰讓妳丟下他們？」

「你是說帶他們一起走？可他們得進書院——」

「別的地方一樣有書院。」他打斷她的話。

她激動地一下站了起來。「唉……這樣好嗎？」

「到外頭見識也對他們日後寫文章有幫助。」他推波助瀾地又說了一句。「剛剛妳不也說了，行萬里路勝讀萬卷書。」

蒔香興奮地來回踱步，心動不已。她以前就想過到外頭看看，雖然沒有踏遍山河的雄心壯志，卻也不想一輩子待在村里，外頭什麼樣都沒見過，以前父親說過等存了錢就帶她坐船南下，欣賞名山勝水，卻終究沒有實現。

如今，如今……她忽地又在他身邊坐下，一臉堅決道：「只要你上任的地方有書院，我就跟你一塊兒走。」

當她說出「我跟你一塊兒走」的時候，他的心激昂地在胸腔內撞擊，整個人都熱了起來，如同聽到科考上榜時的歡欣與激動。

胸口一股力量不停鼓動，似要破殼而出的雛鳥，他不假思索地坐起身，聽從內心的渴望，緊握住她的手。

「好，一起走。」

兩人熱切地望著彼此，雙手緊握，在對方眼中看到了狂熱與歡喜，不過就在幾剎那的時間，理智一下回到兩人腦袋。咦，他們在幹麼，為什麼手牽著手……

蒔香一下驚醒過來，慌張地抽回手，臉上一片熱辣，文丞佑同樣紅了雙頰，可手中似乎還殘留她的溫度跟觸感。

「我……」他啞著聲。「妳……」

她霍地起身。「日光都要曬到這兒了，我們走吧。」蒔香慌張地提起竹籃。

「妳幹什麼呢，坐下。」見她慌慌張張不知所措，他反而鎮定下來，心裡一陣竊喜。

當初在書房，她囂張地坐在他身上時也不見她有任何羞色，如今不過是握了她的手，她便如此不自在，想來她不是對自己完全沒感覺。

她說過高攀不上他，想必她也同自己一般，只當那是不可生出的情愫，暗暗掐了個死，不敢多想。

只是文丞佑的喜悅沒有持續太久，因為蒔香根本不甩他，自顧自地走了，他冒起火來，鞋也顧不得穿上就去追她。

「妳做什麼？」他拉住她的手臂。

「問你呢，拉我幹什麼？」蒔香推他一把。「讓胡嬤嬤瞧見了，我又得挨罵。」

「她又不在這兒。」他好笑道。

她怒目而視。「你的意思是她不在就可以為所欲為嗎？」

他喊冤。「我為所欲為什麼了？」

她氣鼓鼓地問道：「你剛剛……什麼意思？」

他一時也不知怎麼說，面上閃過幾絲不自在。

「算了，我大人不記小人過，以後你再不能這樣了。」

他沒有回答她的問題，而是彆扭說道：「妳等我一會兒，地上的石子扎人。」

她往下瞧著他白皙的腳丫子，噗哧笑了出來。「你怎地如此細皮嫩肉？快去吧。」

他有些尷尬地走回溪邊穿鞋。他又不是習慣赤腳的莊稼漢，自然覺得石子扎人，即使被她取笑也要提出來，不過是不想回答她的問題罷了。

穿上鞋後，他拿起地上的斗笠，走到她面前替她戴上。「妳忘了這個。」

方才走得太急倒忘了，蒔香瞄他一眼，不曉得是不是該回到方才的話題。

兩人並肩走著，一時都沒言語。雁群從遠處飛來，自他們頭頂掠過，兩人抬頭遠眺大雁離去的方向，樹上落下幾許繽紛花瓣，蟬聲嘒嘒作響，小徑長長地往前延伸，不知通向何處。

「別忘了答應我的事。」文丞佑開了口。

蒔香一頭霧水。「什麼？」

「給我做飯，別忘了。」他叮囑。

她怔怔地望著他，不曉得他是什麼意思，是讓她當廚娘呢，還是……還是……她不敢多想，低頭不語。

「蒔香。」他喚她。

她猛地又抬起頭，對他皺眉。「我不知道你是什麼意思，弄得我很糊塗。」

他嘆氣。「就當在我這兒做三年工吧。」不然他還能怎麼說，事情還沒確定前，他什麼都不能給她，連承諾也不行。

她盯著他緊皺的眉心，最終點了點頭。「好，給你做飯，可我簽的約在大太太那裡……」

「我會同母親說。」他保證。

她點點頭，低頭踢飛地面的小石子。

「我提吧。」他伸手要拿她手上的籃子。

「不用了，又不重。」她搖頭。

「讓一個姑娘家提東西，我瞧著不順眼。」他握住提手。「我拿。」他堅持。

她怪異地瞥他一眼。「好吧，讓你提。」

兩人走了一會兒，她忍不住又問：「你是不是遇上什麼事了？」

他不明所以。

「你變得好奇怪。」她蹙眉。

他瞥她一眼。「還不是因為妳。」

她瞠大眼。「因為我？我怎麼了？」

他欲言又止，本不想與她說這些，無奈一時口快，又說了不該說的話，如今起了頭卻不知該怎麼接。

「怎麼不說？」她瞪他。

「以後再說。」

「為什麼？」他越是欲言又止，她越想知道。

文丞佑閉緊嘴巴，免得又說出不應說的話。

「你說啊！」她跺了下腳。

他瞄她一眼。「別問了。」

「你——」她生氣拿起斗笠打了他一下。「吊人胃口。」

見她氣急敗壞又莫可奈何的模樣，他忽地得意起來。也有落下風的時候啊……

「還敢笑。」她又打他。

「別打。」他閃躲。

「你再不說我踢你——」

「你們倆又怎麼了？」齊老爺子與老田從另一邊草地過來。「大老遠就聽見你們嚷嚷的聲音。」

蒔香不知該怎麼講，只是瞪了文丞佑一眼。「沒事。」她跑到老牛身邊，嘀嘀咕咕地在牠耳邊說話。

老牛晃著尾巴，瞄了文丞佑一眼，文丞佑笑著搖了搖頭。

「好幾天沒見到少爺了。」老爺子喊道。

「我回城去了。」

齊老爺子一來，蒔香便不好就著剛剛的話題逼問，文丞佑頓時鬆了口氣。在還沒確定自己能給她承諾前，他還是希望能保持現狀，免得到頭來一場空，他傷心難過就算了，還把蒔香拖下水。

回到莊子後，他沒有多待，跟七妹說了一會兒話，喝了杯茶就回去了，說是中午跟人有約，不得不走。

蒔香送他到門口，有很多話想問他，卻不知從何問起，他也是幾次欲言又止，終究什麼也沒說，只道：「我過幾天再來看妳——我是說看七妹。」他尷尬地改了口。

她面上微熱，假裝沒注意到他的語病。「我弟弟們的事多謝你了。」

「舉手之勞罷了。」他翻身上馬。「妳進去吧，熱了。」

「嗯。」她頷首。

他又望了她一眼後，在馬腹上輕踢，朝前奔去。蒔香悵然地嘆口氣，旋即撓撓髮頂。

「他到底什麼意思……」她抱著自己的頭仰天長嘆。

「阿姊。」席式欽從門後鑽出來。

「躲在那兒幹麼？」蒔香瞪他一眼。

席式欽呵呵兩聲帶過。「我知道五少爺什麼意思。」

「你這小鬼頭！」蒔香作勢要敲他的頭。

「我說真的。」席式欽閃過姊姊的攻擊。「他是想來一段風流韻事。」

蒔香聽得面紅耳赤，把他抓過來打了兩下。「讓你胡說！從哪裡聽來的？」

「我說真的！」席式欽叫嚷，一溜煙跑到幾尺外。

蒔香拔腿就追。「你又偷聽誰講話了？」

席式欽越跑越快，不過依舊甩不掉緊跟而來的姊姊。「阿姊，我去拜託阿昌哥娶妳──」

「什麼?!」蒔香加大腳步，一把抓住他，凶狠道：「你說什麼──」

席式欽大叫：「沒啦！我還沒去。」

蒔香威脅道：「你不要臉你姊還要臉，敢做這種事我就剝你的皮。」她捏了下他的臉以示懲戒。

「喔──」席式欽拍掉她的手。「我是為阿姊好，妳如果嫁給五少爺一定會被欺負，婆婆會叫妳跪祠堂，跪得腳爛掉。」

蒔香又羞又氣。「誰說我要嫁給五少爺？誰讓你亂說?!」

「我沒亂說，婆婆不是都對媳婦不好？」村子裡好多婆媳問題，他從小聽得可多了。「妳脾氣那麼大，又不聽話，一定不討婆婆喜歡，到時她虐待妳怎麼辦？」

蒔香翻白眼。「我是什麼人，誰敢欺負我？」

席式欽不放心道：「阿銓說做姑娘的時候再凶都沒人說話，可做媳婦就不一樣，以前阿芳姊不是也很凶，可是她嫁到隔壁村後變得好憔悴，都瘦了一大圈，上次我看到她差點認不出來。」

蒔香沈默，在心裡嘆口氣。阿芳的婆婆……唉，就是個刻薄又喜歡小事折騰成大事的人，剛嫁進去的時候，阿芳還跟她婆婆對罵、掐架過，可媳婦對婆婆動粗就是不對，怎麼都站不住腳，連丈夫都指責她，最後就成了這樣。

「阿芳是阿芳，我是我，哪能混一起談。」她搖頭。「你阿姊沒這麼傻，讓別人騎到頭上來。」

她若真想嫁人，十五、六歲就能嫁了，還會拖到現在？

她就算沒嫁妝，脾氣又大，可勝在年輕，容貌也不差，只是想娶她的人條件都不好，不是太老就是好色。

幾個自小一塊兒長大的玩伴，雖然都知根知底，但人家父母看不上她，自家兒子年輕有為，何必娶個帶著兩個弟弟的窮姑娘，更別說這窮姑娘還不是溫柔體貼的。

反正她也看開了，該怎麼著就怎麼著，日子還是要過，對她來說最重要的是把弟弟拉拔長大，再讓他們考科舉踏上仕途，完成父親的心願，至於其他的……

蒔香想到文丞佑，忽地一陣心煩。

下次見到他，一定要弄清楚他在搞什麼鬼，怪裡怪氣的，把自己也弄得胡思亂想、心神不寧。

第七章

回府後，文丞佑開始著手「行萬里路」。首先他給京城的兄長去了一封信，之後同母親一番懇談。

「你說什麼？要去遊歷？」文連氏驚愕地看著兒子。「好好的出遊做什麼？」

「增廣見聞，乘機看看各地的風土民情……」文丞佑把所有能想到的好處一股腦兒全倒出來。

文連氏聽了一會兒，忙打岔。「怎麼突然有這想法？」

「接到大哥的信時想到的。」他臉不紅氣不喘地扯謊。大哥在京城當官，隔一段時間便會給家人來信。「反正我賦閒在家也無事，不如出去走走。」

大太太聽著，也覺得合乎常理，並未反對。「可親事怎麼辦？」

「不急，再晚個一、兩年也都不算晚，母親還是先把心思放在七妹身上。」

「我明白，可先前的事鬧得風風雨雨，總得等那些閒言閒語冷下之後再說。」更重要的是女兒能瘦下來。「我是擔心你上任後，沒個貼心人照顧。」

「孩兒又不是三歲孩童，難道去了外頭便不會照顧自己了？」

文連氏笑道：「你知道我不是這個意思。」

「母親。」文丞佑握住她的手。「孩兒又不是不結，不過是不想倉促行事，如今孩兒只想去京城見識見識，多認識些人，以後在官場上也好有個照應。」

京城並非他首要想去的地方，不過為了讓母親安心，打出「京城」牌還是必要的，起碼大哥在那兒，母親也放心些。

果然，聽見他這麼一說，文連氏也不再反對。「好吧，不過這事得先知會你父親一聲，還有你祖母那兒……」

「孩兒知道。」文丞佑掩不住臉上的笑意。

又說了一會兒話後，文丞佑才欣喜離去。蒔香的事他沒打算在今天提，才說要出門就把蒔香帶上，讓人不想歪也難，擺明了此地無銀三百兩。

做事得一步一步來，接著他還得去書院一趟，請託恩師寫封推薦信，好安排雙生子到別處書院。

為免夜長夢多，他很希望能快點啟程，可蒔香沒法這麼快走，起碼得等七妹的減肥大事告一段落才行。

✿　✿　✿

一個月後

天氣越來越熱，文青靈本想在莊子多待一個月，但大太太那邊來人，說是外放在外的三叔還有十天便要到家，讓她早些回去。

於是一行人開始收拾行囊。離開莊子那天，文丞佑特地來接他們，瞧見妹妹瘦了許多，心裡為她高興，雖然與一般時下的姑娘相比還是有些胖，但比起以前那是好太多了，衣服鬆鬆垮垮地掛在身上，圓筒的腰身終於露出曲線，雙下巴也消失不見。

看到兄長不可置信的表情，文青靈顯得很開心。

「母親看到一定會嚇一跳。」文丞佑笑著摸摸妹妹的頭。「很辛苦吧？」

她點點頭又搖搖頭。「習慣就好了。」

因為趕著回府，他與蒔香沒說到什麼話，這個月他只來山莊兩次，主要是探視妹妹的狀況，而且每次停留的時間都不長。

蒔香一直想找機會與他問個清楚，可他總是來匆匆去匆匆，要不就是胡嬤嬤寸步不離地跟著，實在找不到適當的時機。

因她得跟著回文府，兄弟倆住在莊子便有些名不正言不順，蒔香只好再讓他們到大伯那兒擠擠。

回到文府後，待大太太見到七姑娘，賞賜就下來了，除銀兩外，簪子、玉鐲、布匹應有盡有，蒔香簡直合不攏嘴。

「妳做得很好、很好。」

大太太笑咪咪地稱讚，眼睛幾乎離不開瘦了一圈的閨女。這才一個半月腰就出來了，要是再接再厲……那不成了細腰趙飛燕？

文連氏因自己的想像而笑得更歡，她真是高興過頭越想越離譜了，只要女兒再瘦個幾斤她就滿足了，即使仍比時下的姑娘豐滿些，但與胖絕對搆不著邊了。

該賞的都賞了後，大太太讓人去請裁縫進府。文青靈的衣裳如今都不能穿了，得全部重做才行，她恨不得一個月後再重新量身訂做。

蒔香抱著一堆賞賜高高興興地回自個兒房裡，沒多久，王嬸抽空來與她說幾句話，隨即又趕回廚房忙碌，她主動要去幫忙，王嬸卻讓她好好歇息。

「如今妳受太太賞識，可不用再做這些苦力活了，只要把七姑娘照顧得妥妥當當，就一切圓滿了。」

「反正我閒著也是閒著。」七姑娘如今被裁縫圍著，她在那兒只會礙手礙腳。

「好，那妳過來幫幫手。」王嬸也不再推辭。

兩人往廚房走的時候，王嬸瑣碎地說著府裡最近發生的事，當她說到文丞佑要出外遊歷時，蒔香不可置信地瞠大眼。

「他……他要出遠門？」

王嬸肯定地頷首。「是啊，怎麼了，有什麼不對？」見她表情古怪，王嬸出聲詢問。

「沒。」蒔香不自在地說道。「我們在莊子見過幾次，沒聽少爺提起。」

王嬸笑道：「他們做主子的哪會跟我們說這些，若不是大太太讓我置辦外出的東西，我哪會曉得？」

「也是。」蒔香心不在焉地回答。

文丞佑要出遠門？

難道是上次在溪邊時她說的話……

可是，他怎麼都沒告訴她呢？

妳是誰啊？他幹麼告訴妳？另一個聲音響起。妳是他什麼人？人家非得告訴妳不可？

可他明明說了要帶她一起上任，當他的廚娘，天天煮飯給他吃。

「少爺是出門玩，還是接到朝廷的命令要上任了？」蒔香追問。

「說是出去遊歷，戶部的命令還沒下來呢。」王嬸說道。

果然是去玩，她忽地靈光一閃。「是大太太逼著少爺成親嗎？」所以他才聽了她的建議，到外頭躲避。

「哪有這事？大太太不會擅自作主，都會問過他們的意見。」大太太很重視子女的意見，甚少勉強他們做不喜歡做的事，可惜大少爺是長子，他的婚事老太太插了一手，連太太也改變不了。

既然沒被逼親，他出什麼遠門？

蒔香根本沒聽到王嬸後來說了什麼，只是沈浸在自己的思緒裡，叨叨唸著：他要出遠門了，為什麼不跟她說一聲。

「蒔香、蒔香……」
她回過神。「是。」
「怎麼了，叫妳好幾聲了？」王嬸關心道。「是不是太累了？」
「沒事，只是頭有點疼，我回去塗點薄荷油搽搽，一會兒去找妳。」
「妳不舒服就多休息。」王嬸體諒道。「去吧、去吧。」
蒔香應了一聲，匆匆離開，不安的神情被決心取代，她要去找他問清楚。
他到底打的什麼主意？
若真的要走，為何每次見著她，都那副樣子……眼神曖昧、欲言又止，難不成自己被耍著玩了……
蒔香心頭火一起，氣沖沖地直奔文丞佑的院落。

✿　✿　✿

她到了院落才發現他出門了，一股悶氣無處發洩，更是攪得她心煩意亂。
無奈之下她只好回廚房幫忙，有事可忙也不覺得時間難過。申時過後，她到七姑娘那兒與她一起踢鞠球，如今七姑娘瘦了些，踢球的動作也靈活了一點。

王嬸則端著銀耳蓮子湯到大太太房裡，屏退一干人等後，文連氏問道：「怎麼樣？」

「瞧蒔香的模樣，應該不知情。」王嬸搖頭。「聽了我的話後，她心神不寧地藉口頭痛去找五少爺。」

文連氏訝異地挑了下眉。「丞佑倒是越來越沈得住氣了，難道真是胡嬷嬷想岔了？他們兩個沒什麼……不對，胡嬷嬷雖然古板了點，可眼色還不錯，沒道理看錯。」

「下午時候我故意跟蒔香聊了五少爺的事，她專心地聽著，深怕漏了一句，我覺得蒔香應該是在意的。」王嬸說道。

「嗯……」大太太沈吟著。

「要不，我再試試……」

「不用了，蒔香也是個機靈的，做得太明顯倒是打草驚蛇。」

王嬸有些遲疑地說道：「依太太的意思是不是要把蒔香攆出去？」

大太太好笑道：「我攆她做什麼？她可立了大功，青靈瘦下來多好看啊。」

「那是，七姑娘像您，雍容大度，人瘦了瞧著也精神，脊梁骨都挺直了，不駝背了。」王嬸讚道。

「有自信就能挺著肩膀做人。」大太太微笑。「蒔香的事妳留點心。」

「是。」王嬸遲疑道：「不過太太的意思是想……」上面的人沒個明確的指示，她不好見機行事。

文連氏撫過華麗的錦袍。「我瞧著蒔香是好的，雖然性子有些霸道，可不是個沒分寸的。」

王嬸靜靜聽著，不好隨意搭腔，如今太太意思不明，萬一拍錯馬屁那可麻煩。

「就是身家差了些，怕是入不了老太太的眼。」她嘆口氣，拿起湯匙舀動蓮子。「大的成親沒多久，就巴巴地往外跑，最後索性在京城避著，丟下他媳婦跟兒子在這兒……」

張氏知禮守禮，人又能幹，雖然靜了些，可也挑不出什麼錯處，偏就入不了老大的眼，她有意讓張氏到京城跟老大住，夫妻本就情淡，再分隔兩地，哪能培養感情？

偏偏張氏不肯，說是要在她跟前盡孝道，她又不是七老八十的婆子，哪需要她在跟前盡孝，可轉個彎想，她也明白了，媳婦同她一樣，有自個兒的脾性與傲氣，你既不喜歡我，我何必眼巴巴地湊到你跟前去。

她們婆媳都入不了丈夫的眼，也不願去巴著對方，反正各人過各人的日子，只要對方不要做得太過分，大家顧著禮數面子，各退一步就是了。

她心疼媳婦，又說不動老大，畢竟她對老大也是有愧疚的，明知他喜歡老將軍的孫女，可她又能怎麼辦？跟婆婆打擂台嗎？

老大跟兒媳婦弄成這樣她看著已經夠難受了，老二若再依樣畫葫蘆，她吃飯的胃口都沒了。娶媳婦本是來照顧兒子的，結果兒子們不領情，拍拍屁股一走了之，把媳婦全留給她，這成什麼了？

「我找個時間問問他，看他到底想怎麼樣。」文連氏又嘆口氣，揮了下手，示意她可以下去了。

王嬸恭敬地離開，聽大太太的語氣應該是不反對的，否則何須問五少爺，直接賠錢毀約，把人請出去就行了。

王嬸輕聲笑著。沒想蒔香竟是個有福氣的，少爺這棵大樹就讓她攀上了——

當蒔香決定要做一件事時，沒有任何事可以阻止她。

她曾為了報復隔壁許麻子偷摸她的屁股，蹲在他家門口，等他醉醺醺地回來後，用木棍狠狠揍了他一頓。當時是十二月的大雪天，她蹲在地上成了雪人也不挪步，即使第二天著了涼，發起高燒，她也沒後悔過。

因此當她決定找文丞佑問清楚時，她蹲在他必經的小路上，一動也不動，即使腳麻也不能讓她挪步。

只是一晚上，人來來去去，目標就是沒出現，不過她也因此知道了文府許多秘密，像是十二姑娘最近換牙，所以摀著嘴不敢說話；二太太房裡的翠屏打破了一個瓷碗，挨了十個大板子，扣了三個月的銀子；八少爺前幾日出門跟人打了一架，一隻眼睛到現在還是黑的……

一開始聽著還津津有味，久了就乏了，蒔香懶懶地打個呵欠，遠遠地看到燈籠晃動，她又警覺地藏好身子。

「秋月，走那麼急做什麼？我又不會吃了妳。」

蒔香悄悄探了下頭，秋月是老太太身邊的二等丫頭，長得十分白淨好看，為人又和氣。

「老太太那兒還等著我送點心過去。」秋月往右走，對方便往右；往左，對方也往左，她咬著下唇，懇求道：「三少爺，若是誤了時間，老太太會不高興的。」

「不過說幾句話罷了，能耽誤什麼時間？」

蒔香悄悄探出頭，瞧見一個面色白淨、長相斯文的男子，瞧著風流倜儻。王嬸與她說過文府的情形，所以她自然也耳聞過三少爺文丞薪的大名，只是從沒見過他。

文丞薪是二老爺妾室簡姨娘所生，今年二十七，已經娶妻葉氏，不過聽說他耽溺酒色，除了納了兩房妾室外，屋裡還有不少通房丫頭。

蒔香審視地看著三少爺，嗯……眼下帶青、面色黃白、腳步虛浮，的確符合王嬸與其他嬸子說的。

「老太太還等著奴婢……」秋月一步步往後退，當樹叢碰上她的背時，她嚇得差點腿軟在地。

「怎麼了？見我像見到鬼似的。」文丞薪逼近她，秋月退無可退，面露驚惶。

「三少爺您喝醉了……」

蒔香怒上心頭，正想出去解救美人時，已經有人搶先一步，右邊的林子裡突然衝出一抹身影，蒔香只聽到一聲悶響，三少爺就倒在地上。

「啊……」秋月叫了一聲，隨即讓人摀住嘴巴。

「是我。」黑影低聲說道。

「柱子、柱子……嗚……」秋月忽然抱著眼前的人。「嚇死我了。」

蒔香瞧著擋在秋月身前的高大身影。這個叫柱子的她沒見過，不過聽王嬸提過，他在大老爺底下辦事，以前不過是個小廝，可辦事能力好，為人正直，頗得老爺賞識。

去年見了秋月便十分喜歡，想討秋月做媳婦，老爺也十分爽快地求到老太太面前，雙方將在今年成親。

「哼。」柱子生氣地踢了地上的人一腳。

「你做什麼？」秋月忽然警覺到事情的嚴重。「你怎麼把他打了？萬一他醒來……」

「放心，他沒瞧見我。」

「那他怎麼辦？明天怎麼解釋？」秋月不安地說。「萬一讓人知道是你……」

「不會的。」柱子安撫地拍拍她。「我們快走。」

「可明天他若問我，我怎麼說？」她焦急道。

「好像有人來了，我們先離開。」柱子急匆匆地拉了秋月就走。

蒔香看得津津有味。「戲台演得都沒這精采。」

忽地，遠處又來一人，輕聲吹著口哨，走路搖搖晃晃的，蒔香瞇起眼。哼，總算讓她等到了。

青色的身影越來越近，而後瞧見地上躺著一個人時，快步走了過來。「誰在這兒……咦，三哥？」

他蹲身搖了下兄長，卻不見他醒來，正想把人扶起，一個黑影跳到他面前。

「誰？」文丞佑驚愕地看著眼前的人。

「我可等到你了。」蒔香矗立在他面前，雙手插腰。

文丞佑訝異道。「蒔香……」

「就是我。」她沒好氣地回了一句，隨即朝左右嗅了嗅。「你喝酒了？」

「跟朋友喝了一點。」他說道。聽說他近日就要遠行，一堆朋友要幫他餞行。

「妳怎麼在這兒，三哥他——」

「他讓人打暈了。」

「打量？」他蹙下眉頭，心急地探了下鼻息，確定人無恙後才起身問道：「誰把他打量的？」

「不是我。」想到今晚來找他的目的，她單刀直入地問道：「聽說你要出遠門遊歷了？」

他勾起笑。「是啊。」送七妹回來後，他就與朋友出門，兩人根本找不出空檔單獨相處。

哼，果然是真的。「你要我當廚娘給你煮飯是隨口說的？」

他一怔。「自然是真的。」

她懷疑地望著他。「你過幾天就要出門了，這樣怎麼來得及，我什麼都沒準備……」

「不是現在。」他往前跨一步。「妳聽我說……」他忽地大膽地抓住她的手。

蒔香嚇了一跳，本能地要抽回手，他卻握得死緊。「蒔香……」他喚著她的名字，臉頰因為喝酒而通紅。

他想告訴她自己的計劃，可腦袋糊成一團，朝思暮想的人就站在自己面前，他只覺心口一熱，不假思索地抓住她的手。

蒔香紅了臉，羞憤道：「幹什麼？喝醉了你，酒鬼！」她甩開他的手，回到原話題。「什麼叫不是現在，你到底要不要我當你的廚娘？」

他頷首。「要，廚娘，還有……還有……」

「還有什麼？」她追問。

突然，地上的文丞薪呻吟一聲，文丞佑的心思立刻被轉開。「三哥。」

蒔香拉著他的袖子往前。「別理他。」

「這怎麼行……」

「他方才還調戲人家姑娘來著——」

「調戲姑娘？」文丞佑瞪大眼，怒聲道：「妳是說他調戲妳?!」自家兄長他是知道的，就好女色，見了漂亮的都想沾一下。

蒔香瞄了眼他氣憤的臉。「怎麼聽話的你，果然喝醉了。」

「妳有沒有怎麼樣？」文丞佑心急。

她翻白眼。「我能有什麼事，被敲暈的可是他。」

文丞佑欣喜道。「那是，妳潑辣起來可厲害了。」腦中忽然浮現兩人在書房追逐翻滾的景象，胸口莫名地騷動起來。

「你跟大太太說了嗎？」她問道。
「啊？」他回過神。「什麼？」
她瞪他，開始思考跟一個酒鬼說話是不是做白工。「我說你跟太太提過了嗎？你要帶我赴任的事。」
她還不能確定他說的是不是真的，不是有句話叫空口無憑，如果他跟太太提起過，她才能確信他不是信口開河。
文丞佑根本沒認真聽她在說什麼，喝了酒，心神隨意而轉。
「妳特意在這兒等我？」他眼中閃著流光，不知是醉了還是激動。
「你有沒有聽見我在問什麼？」她怒目而視，一陣酒味撲鼻而來，她挫敗道：「算了，你這醉鬼，不管你了。」
她扭頭就走，下一瞬手臂讓他拽在手裡。「蒔香。」
「幹麼？」她拍他的手背。「放手。」
「蒔香。」他又喚她，也不知自己怎麼了，只是想親近她一點。
「幹麼一直叫我……」
他忽地用力一拉，將她抱在懷中。

蒔香僵住，一雙圓眼睜得大大，熱氣一下衝上臉頰。

「蒔香。」他緊緊箍著她，下巴頂著她的額頭。「妳真香。」

「放開我……」蒔香臉上一片燒熱，困窘地推開他。

文丞佑毫無防備，踉蹌地退了好幾步，卻絆到文丞薪的腳而摔倒在地，她嚇了一大跳，奔到他身邊，將他扶起。

「你沒事吧？」

文丞佑也不惱，咧嘴而笑。「妳把我推倒了。」

蒔香不好意思地脹紅臉。「誰讓你……讓你……」她說不出口，轉羞為怒。

「快起來。」

他握著她的手臂，驀地綻出一個惡作劇般的笑容，用力一扯，她整個人跌在他身上，還來不及發火問他搞什麼，剎那間，天地在她面前旋轉——

第八章

文丞佑摟著她從石板路滾向一旁的草地，令蒔香輕呼出聲，又翻了兩圈後，終於止住去勢，將她壓在身下。

因為酒醉讓人身心放鬆之故，他的臉一直帶著笑意，眸子也閃著平日少見的頑皮之色，因自己的惡作劇得逞洋溢得意之情。

他的酒氣混著青草味將她困在一方天地中，蒔香頓時感到困窘不自在，臉蛋霞紅一片。

「你幹什麼？」她羞憤地打他。

「這次我贏了。」他笑了起來，完全沒意識到自己的輕佻與孟浪，已逾越男女大防。

她火大地打上他的額頭。「你瘋了，讓人看見怎麼辦？快起來！」

怕什麼來什麼，蒔香隱約聽見似乎有人聲傳來，趕緊摀住他的嘴，不讓他傻笑，旋即一把推開他，讓他別出聲。

他似乎有聽到了聲音，不過一點也不怕。

「妳別怕，我把他們趕走。」

「一會兒你抖出我來，我就完了。」她邊說邊把他拉往樹叢後。若文丞佑是清醒的，自然讓他出面處理，可從剛剛到現在，他完全不著調。

她問東他答西，雞同鴨講，還胡亂抱人……思及此，她又羞又氣。他到底把她當什麼了，是調戲她還是喜歡她？她完全不明白。

若是喜歡她，為何不講？

可想到兩人的身家差距，她的表情黯淡下來。喜歡又如何？他們中間那條溝是跨不過去的，否則他何須如此曖昧，早大大方方同她說了……

「躲在這兒幹麼？」文丞佑根本不知蒔香此刻所想，只是疑惑地望著她。

「你別出聲。」她氣道：「酒量這麼差，跟人喝什麼酒？」

「我酒量好……」

「噓。」她一手放他腦後，一手摀著他的嘴，深怕他發酒瘋亂講話。

文丞佑本來要拉開她的手，可因為她摀住他嘴的關係，兩人幾乎貼在一起，她身上的香氣飄進他鼻間，只覺得心上好像有蟲在鑽，癢癢的，攪得他不安生。

他慢慢靠近她的臉頰，慢慢靠近……

「剛剛好像聽到有人在講話，怎麼到這兒就沒聽見……啊……誰啊？嚇死老婆子了！」一個婆子被地上躺著的人嚇了一大跳。

「咦，是三少爺，怎麼躺在這兒？」另一個婆子趕忙把人扶起。

「不會是喝醉了躺在這兒吧？」

「聞著沒酒氣，咱們趕緊把人抬回三奶奶那兒。」

兩人攙著三少爺，慢慢往月亮門兒走，蒔香鬆口氣，轉向文丞佑，誰想一轉頭，她的唇便從他臉頰上掃過，最後落在他唇上。

時間瞬間凝結，兩人睜著大眼，表情驚愕，柔軟的觸感與馨香的氣息讓文丞佑陷入迷惘與誘惑的網中動彈不得，隨著渴望而吮上她的唇。

蒔香被驚得無法動彈，旋即一股熱氣往上衝。他……他在做什麼？自他口中傳來的酒氣一下將她沖醒，她羞憤地一把推開他。

「啊——」文丞佑毫無防備，狼狽地摔了出去。

「什麼人？」才走不遠的兩個婆子回頭大喝一聲。

這一叫，差點把蒔香的魂給嚇出來。

躺在地上的文丞佑一下酒醒，他緩緩從地上起身，歪歪扭扭地站起來。

兩個婆子看清面貌後，叫道：「五少爺，你怎麼……」他是怎麼憑空出現的？

兩個婆子望了眼彼此，眼睛自然地看向離文丞佑不遠的樹叢。

「沒事，我喝了點酒，剛剛在樹叢邊休息。」他故意打個大呵欠，走到兩個婆子身旁。

蒔香暗暗鬆了口氣，若是讓人發現她也在樹叢後就麻煩了，定會以為五少爺與她在此幽會。

文丞佑一靠近，酒味撲鼻而來，婆子們信了幾分，隨口道：「怎麼不讓小廝攙著你回去？」

「我自己一個人能走，幹麼讓小廝攙著我？」文丞佑故意粗聲粗氣地說道，雙手還擺動了幾下。

婆子笑道：「少爺是醉了吧？」

府上哪個老爺、少爺沒醉過，男人嘛，外頭應酬多，一個月總會喝醉個幾天，只是五少爺酒品一向好，喝醉了頂多哼哼小曲，從沒鬧過什麼煩心事，不像他們攙著的三少爺，平時流裡流氣，見了姑娘要調戲，醉酒了也是這般，還曾因酒醉強拉了奴婢去伺候，第二天鬧得人盡皆知，讓二老爺狠狠打了一頓。

「我沒醉。」文丞佑嚷嚷著反駁。「我剛剛在跟天兵天將角力呢。」他不著痕跡地把自己大叫、從樹叢裡跌出來的行為做了一個解釋。

蒔香忍住笑。沒想到文丞佑也有胡謅的功夫，什麼天兵天將，一聽就是醉話。可旋即想到他佔了自己便宜的事，又是一陣惱羞，恨不得再打他一頓。

婆子們聽後果然又笑了，文丞佑揉揉眼，轉個話題。「妳們托著誰啊？」

「是三少爺，也不知怎地倒在這裡？」婆子解釋。

文丞佑故意彎身，湊近文丞薪低垂的頭。「果然是三哥。三哥醉了？」

「不知道。」婆子回道。

文丞佑又打個呵欠，搖搖晃晃地要離開，婆子對看一眼，雖然覺得哪裡怪怪的，但也沒想打破砂鍋問到底。

主子們的事他們最好少聽少問，如此才能明哲保身，否則一出了事，那可是如同捅蜂窩，靠近的全遭罪。

文府自也有不少碎嘴的婆子，什麼事都要攪上一攪，唯恐天下不亂，也幸虧兩人遇上的不是那種惹人厭的婆子，幸運逃過一劫。

文丞佑慢慢走著，待婆子們走遠，他又跑回樹叢後。「沒人了，蒔香……」哪還有人？文丞佑若有所失地站在原地。她該不會惱了他吧？自己方才實在太孟浪了，唐突了佳人……

可想到那柔軟的觸感，他臉上一陣熱，腦袋暈茫茫的。想去找蒔香，想同她說自己會負責的，偏偏酒勁熱辣辣地不停湧上，搖晃晃地走不穩，最後酒醉地倒在草地上，傻傻地笑了起來。

偷偷溜走的蒔香，滿面緋紅，又惱又羞。酒鬼、色胚、不要臉……她摀著發燙的面頰快步走著，恨不得把頭埋進水裡冷靜一下，他到底什麼意思？

雖然是自己不小心碰上他，可他也不該親她，再說若不是他靠得這麼近，她怎會不小心碰到他？蒔香一股腦兒地將過錯全推到文丞佑身上。

想到這兒，她突然生氣了。自己怎麼會就這麼逃走呢？應該給他一巴掌，還要打他幾拳才是！

蒔香氣憤地對著半空揮了幾拳，彷彿他就站在面前。

待激昂的情緒慢慢褪去後，她才有辦法思考他到底存的是什麼心思。

今晚他露骨的言行，還有先前在溪邊曖昧的言語及舉動，都讓她心慌意亂，不明所以，他到底想怎麼樣？

她早看出他的不對勁，卻逃避地不去追問……

不對，她沮喪地嘆口氣，追問有什麼用，當初就是覺得兩人門第相差太多，所以才故意視而不見。

偏偏他又一直來招惹她……蒔香心亂如麻，第一次亂了方寸，不知道該怎麼處理如此棘手的事。

「啊……」她懊惱地拍著自己的頭。

不能再如此曖昧下去了，明天就告訴他自己不當他的廚娘了，而且最好彼此都不要再有糾葛了。

驀地，她苦笑地揚起嘴角，今晚本來是想質問他為何沒告訴自己要出遠門，他想請她當廚娘是不是在欺騙她，如今卻恨不得他趕緊上路，離她越遠越好。

兩種矛盾的心情令她無所適從，既想跟著他到外頭見識，卻又覺得該與他切得一乾二淨，再繼續糾纏下去，根本沒有意義。

明知再走下去就是條死巷，還繼續前進的人是傻瓜，若等撞了牆才想回頭，怕已晚矣，到時連後路都沒了。

唉……蒔香長嘆一聲，如果他不是文府的五少爺，多好。

✿ ✿ ✿

翌日，文青靈遵循在莊子裡的習慣，起了個大早，與難得遲到的蒔香在園子裡做操，卻不時發現蒔香怔怔地站在原地發呆，沒跟上動作。

「妳怎麼了？是不是哪裡不舒服？」

「沒有。」蒔香故作輕快地說。「只是沒睡好。」昨晚翻來覆去的，過了大半夜才睡。

偏偏文丞佑又來糾纏，夢中她拚命跑，他則在後頭追，兩人滾啊滾地滾下山崖，把她嚇出一身冷汗。

她總覺得夢的徵兆十分不吉利，似乎預示兩人前途多災，一片黯淡。

蒔香打起精神，強迫自己專心擺動雙臂與全身，等身體熱了之後，兩人在園子跑上幾圈，沒多久文青靈已滿身大汗，她放慢動作，決定休息一會兒。

「三少爺。」

原在掃地的婆子嚷了一聲。

文青靈訝異地望著三哥。她與三哥並不熟稔，他怎會上她這兒？

「三哥。」她揚起笑，接過桃花遞來的帕子抹了下汗。

「聽人說妹妹瘦了我還不信。」看著文青靈瘦了一圈的身形，他讚許地點頭。「現在這樣挺好，看黃二少還敢胡謅什麼。」

文青靈尷尬地收了笑意，微低下頭。

蒔香翻了下白眼，真是哪壺不開提哪壺。許是發現自己話語不妥，文丞薪忙道：「三哥嘴笨，妳別放心上，我沒什麼意思……」

「我知道。」文青靈微微一笑。雖然文丞薪好女色，性子又浮誇，卻不是尖酸刻薄、遇著人就想損的小人。

文丞薪換個話題。「聽說妹妹有高人指點？」

文青靈一臉困惑。高人？

「就是幫妳瘦身——」他的眼睛瞥向一旁的蒔香，就她看著眼生，應該是此人無誤。「妳就是蒔香吧？」文丞薪打量她。

眼前的姑娘梳著雙丫髻，雙眼靈動有神，雖然不是什麼大美人，可五官討喜，透著幾分靈秀與可愛，只是眉眼間的英氣讓她少了幾分柔美。

「我就是。」蒔香面無表情地點頭，想到昨晚他對秋月的輕浮舉動，實在無法給他好臉色。

「咱們一邊說話。」他往一旁的樹下走去。

蒔香對他沒好感，實在不想理他，但基於好奇心，她還是跟了過去。

「不知三少爺有何指教？」

她直率又略顯無禮的口氣，讓他不悅地挑了下眉。「指教倒是不敢，只是有幾個問題想問問妳。」

「你說。」

「聽說妳是鄉下來的？」不等她回答，他又接著說道：「難怪講話這麼沒規矩，姑娘家得客客氣氣地回：公子請講。又不是我老子，什麼『你說』，聽著刺耳。」

「那你覺得『有屁快放』怎麼樣？」她故意道。

文丞薪臉都變了。「妳——」他激動地揚扇指著她。

蒔香才懶得理他。「你不說我走了。」她掉頭離開。

「好大的膽子！」他大喝一聲。「沒規矩的丫頭。」

站在不遠處觀看的文青靈聽到三哥的怒斥聲，急忙走來，緩頰道：「怎麼了？」

「她太沒規矩了！」文丞薪火道。

文青靈搶在蒔香前開口。「蒔香不是府上的奴婢，沒學過規矩，她不是有意無禮，只是說話直了點，還請三哥不要生氣。」

「姑娘不用擔心。」蒔香示意文青靈不用緊張，她是良民又不是文府的奴婢，說話無禮又如何，他不能對她怎樣。

「三少爺，你是來教我規矩還是找我有事？」她瞥他一眼。「再不扯重點，我不奉陪了。」

「妳——」文丞薪氣得臉紅脖子粗。

「三哥——」文青靈忙著想緩和場面，卻讓文丞薪截了話語。

「老五怎麼會看上妳這粗俗的丫頭?!」文丞薪怒喝。

這話一出，如平地一聲雷，轟得蒔香怔忡在地，臉上倏地染上一層紅暈。他怎麼會知道文丞佑與自己……

驀地，她心頭一凜，難道文丞薪昨晚沒暈死過去，瞧見了她與文丞佑的一舉一動？

「三哥，三哥。」文青靈見幾個奴婢與婆子朝這兒看來，連忙拉了下他的袖子。

「幹麼？」文丞薪沒好氣地回道。

「你怎麼……我是說……這兒人多。」她暗示他看場合說話，男女之情不該如此公開議論，尤其事關女子名聲。

她瞧見桃花對個小丫鬟咕咕噥噥說了幾句，小丫鬟點點頭，跑了出去。

文丞薪嘲諷地瞥向滿臉通紅的蒔香。「我顧忌著別人，結果人家不領情，對本少爺如此無禮。」

蒔香故作鎮定，壓下心頭的慌亂。她得先弄清楚三少爺的來意。

「我怎麼無禮了？」蒔香冷哼一聲。這些公子、少爺的做派實在讓人受不了，把自己當什麼了？「我不過就講了『你說』兩個字，你心裡便不痛快，莫名其妙對我發脾氣，我招誰惹誰了？」

「妳還說了有屁快放。」文丞薪氣得臉通紅，是這句話把他惹得不痛快。

「三哥。」文青靈再次插入二人中間。「蒔香沒有惡意。」

「我管她有沒有惡意，聽著不舒服。」他也橫起來了。「快點給本少爺道歉，否則等我把事情捅出來，大家都難看。」

蒔香瞇起眼。把事情捅出來？「聽不懂你的話。」

文丞薪怒極反笑。「聽不懂嗎？」他摸摸發疼的後腦。「那我就學妳講得白點，妳跟老五在園子裡幽會——」

「三少爺。」蒔香厲聲打斷他的話，面孔脹得通紅。「話可不能亂講。」

文青靈也急道：「是啊，三哥，有什麼話到我屋裡說吧。」

「我亂講什麼了？若要人不知，除非己莫為。」他拿扇子指著她。

蒔香的脾氣一向執拗好強，別人若好好地與她說，她還可能服軟，若是脅迫要脅，她可不吃這一套，簡地來說，就是個吃軟不吃硬的。

雖然心中又羞又氣，恨不得把三少爺臭打一頓——還有文丞佑也該打，若不是他，自己怎會受他三哥的鳥氣？

「你知不知道我在村子裡的外號是什麼?」蒔香冷笑。

文丞薪挑眉道:「潑婦?」

「三哥!」文青靈忽地斥責一聲,也來氣了。

蒔香對她一向和善,她難過時,她就說些玩笑話逗她開心、幫她打氣,沮喪時,是蒔香陪著她一起走過來,更別提在莊子裡兩人培養出的友誼,自是聽不得別人這般侮辱。

「七姑娘,我來應付他,妳到後頭休息去。」蒔香勸道,文青靈在這兒多所不便,她想發作還得顧忌。

「應付我?」文丞薪好笑道。「妳想怎麼著,打我還是罵我?」

一直在幾尺外觀望的海棠,見情況不對,忙上前道:「姑娘,該用膳了,三少爺要不要一起——」

「我氣都氣飽了。」文丞薪不領情。

蒔香很想拿掃帚轟他出去,不明白他端的什麼架子,莫名其妙。

「他不吃,我們吃。」蒔香拉了下文青靈。「走吧。」

見蒔香無視於他,文丞薪更氣了。「好啊妳這個臭丫頭,本來還想給妳留點面子。」他轉向海棠。「去叫五少爺過來。」

「三哥你到底想做什麼？」文青靈不悅道。

「他就是想跟我過不去。」蒔香才不想受他牽制，根本就是個無聊漢，屁點大的事鬧個沒完。

文丞薪忽地笑了起來。「說得不錯，就跟妳過不去，誰讓妳把大爺惹火了，妳不道歉是不是？我就讓老五給我道歉，否則把你們兩個的事捅到奶奶那裡去！」

文丞佑一臉宿醉，頭疼地醒來，他痛苦地揉了下太陽穴，覺得舌頭發苦，腦袋裡像灌了鉛水似的，又重又脹。

「實在不該喝那麼多酒。」他呢喃一聲。

見他醒來，屋裡的奴婢打了水進來讓他梳洗。

「少爺以後還是少喝點，傷身呢。」丫鬟將事先煮好的醒酒湯遞給他。

「嗯。」文丞佑應了一聲。他不是貪杯之人，可好友一杯接著一杯灌，根本不容他拒絕。「什麼時辰了？」

奴婢正要回話，外頭忽然傳來一小丫頭的叫聲。「不好了！五少爺。」

「什麼事大聲嚷嚷，有沒有規矩？」院子裡的奴婢出聲教訓。

「怎麼了？」文丞佑放下湯碗，眉心微蹙。

「奴婢出去看看。」

「小的不是故意要嚷嚷，是姑娘……那兒出事了……」

「說話不清不楚的，哪個姑娘？出了什麼事？」

文丞佑起身往外走，見自個兒院子裡的奴婢還在訓話，他打斷她的話語，望向眼前十歲的小丫頭。

「妳是七妹院子的？」他瞧著眼熟。

「是。」小丫頭忙點頭。

「怎麼了？」文丞佑走下階梯。

「三少爺來找姑娘，然後不知怎地跟蒔香吵了起來，蒔香踢了他一下，結果三少爺叫了婆子要打蒔香──」

不待丫頭說完，文丞佑驚愕地衝了出去，面色焦急。到底發生什麼事？三哥怎麼會跟蒔香鬧起來了呢？

第九章

事情到底是怎麼鬧大的？蒔香事後回想也覺得莫名其妙。

起初只是與文丞薪口角了幾句，後來他開始提到文丞佑與她幽會，甚至說出「私相授受」的字眼，接著又羞辱她。

「我說五弟是怎麼了，鬼迷心竅還是中邪了，看上妳這鄉野村婦，沒見識就算了，啊……喔……痛痛痛……」

看著文丞薪抱腳亂竄，她陰暗的心情終於撥雲見日，重露曙光。有些人不給點顏色是不會學乖的。

「三哥，蒔香……」文青靈面露焦色，不知該怎麼處理眼前的狀況。

她第一個想到的就是搬救兵，連忙低聲對海棠說道：「快去請五哥過來。」

方才桃花也使人去討救兵，不過依桃花一貫的行事態度，應是讓人給娘報信，而不是五哥。

「是。」海棠轉身吩咐小丫頭去辦事。

她們院子就幾個奴婢跟婆子，哪動得了三少爺，他是主她們是奴，頂多只能勸著，哪可能對他動手。

幾個婆子見三少爺如同猴子般跳來跳去，趕緊上前。

「這是怎麼了？」劉婆婆上前問道。

因蒔香的動作太快，婆子們又離了些距離，是以沒瞧見蒔香的舉動。

「她竟敢踢我！」文丞薪暴怒道。

「蒔香姑娘……」

劉婆婆正要斥責，文丞薪已沈不住氣對著幾個婆子吼道：「妳們是死人啊？還不把她抓起來！」他非得給她顏色瞧瞧不可。

蒔香翻白眼。「你叫婆子們幹麼？有本事自己來。」

「三哥、蒔香你們都先冷靜下來。」文青靈安撫道。

「妳——」文丞薪撩起衣袖，作勢要跟她拚一場。

「三哥！」文青靈見狀，趕緊攔住。

幾個婆子也勸道：「蒔香是鄉下來的，沒見識，您別跟她計較。」
蒔香現在可是大太太跟七姑娘身邊的紅人，婆子們哪敢真的動她？再說蒔香性子直率，跟她們也合得來，自不會太過為難蒔香，不過場面還是要做，免得落人口實。
於是劉婆子藉故責罵蒔香。「還不給三少爺道個歉？越來越沒規矩。」
蒔香原是不肯的，可瞧見劉婆子跟她眨眼睛，文青靈也是一臉懇求的表情，她實在不懂自己哪裡錯了，她又不是文府的家奴，為何要對一個少爺低聲下氣？
一件沒什麼大不了的事讓他鬧成這樣，讓她想起村子裡的吳余嫂，成天找麻煩，屁大點的事鬧得像凶殺案。
有一次吳余嫂炒了一盤花生放在桌上，待她從房裡出來時發現少了一半，尖叫得像是土匪屠村，還只在她家姦淫擄掠。就為了二十幾顆花生，她可以召集全村，揚言找到凶手，否則要跳河自盡。
蒔香哪還跟她客氣，當場就舉手叫她去跳河，沒準兒河神高興還讓咱明年豐收，一干村民笑得差點沒在地上打滾。
吳余嫂從此懷恨在心，成天在背後說她壞話，最後凶手出爐，是她從學堂蹺課的小兒子，可她非但沒一點不好意思，還把罪怪到席式欽身上，說什麼若不是席式欽沒家教，在學堂打了自己的小兒子，兒子怎會逃課回來？

這種人她算是見識了，怎麼繞就是能把錯繞到別人身上，卻把自己摘得一乾二淨。

蒔香瞪著文丞薪，在心裡迅速估量該怎麼做。

道歉就是一口氣堵著難受，忍忍就過去了，問題是他到底想幹什麼？

拿她與文丞佑幽會的事威脅她？

可說不通啊，威脅她有什麼好處？再講白一點，她有什麼可讓人惦記貪圖的……難道他是看上自己的美色？

她的雞皮疙瘩都起來了。絕不可能，別往自己臉上貼金了，他喜歡的應該是像秋月那般纖弱秀氣，遇上糟心事就泫然欲泣、我見猶憐的女子。

見劉婆子又給她打眼色，蒔香決定順坡下驢。她雖看不慣文丞薪，可想到要花精神跟他耗就累，還是快把事情解決，送走瘟神才是。

「我踢你是我不對，我給你道歉。」她朝他福身，不過面色還是有些不甘。

文丞薪見她臉色不痛快，哼哼兩聲，忍不住又碎唸了幾句後才屏退婆子跟奴婢。

「七妹妳也去休息會兒，喝口水。」文丞薪說道。

「可是……」文青靈不放心地看著兩人。

「沒事，去吧去吧。」文丞薪不耐煩地揮手。

文青靈轉向蒔香，見她擠眉弄眼，示意她不用擔心，文青靈才慢慢踱到一旁，接過桃花遞來的茶水。

文丞薪回到正題，說道：「我有話問妳。」

「你說——」見他臉色又變，她忍住翻白眼的衝動，改口道：「小女子願聞其詳。」

見他露出滿意之色，她真想揍他一拳。這人就是個惺惺作態的偽君子，還真把自己當一回事了。

若不是想知道他到底來幹麼，真想像方才一樣大鬧，還以為自己怕他了。

「昨晚是誰把我打昏的？」

文丞薪冷不防來了一句，蒔香瞄他一眼。原來是來找真相的。

「你被打昏？」她故作驚訝。

「別裝了，昨晚我躺在地上的時候，聽到妳跟五弟在說話。」雖然當時昏昏沈沈的，不過五弟的聲音他不會認錯，對談的內容忘卻大半，唯一還記得就是蒔香的名字。

其實文丞佑與蒔香的對話他早忘得七七八八，不過印象中兩人似在打情罵俏，他順理成章認定五弟與蒔香有私情。

「誰會打昏你？你是喝醉酒倒在地上吧？」蒔香決定裝傻到底。

「我只喝了兩小杯酒，怎麼可能會醉？」他反駁。

與秋月話說到一半，忽然腦門子一疼不省人事了，後來迷迷糊糊地聽到五弟與一個女人說話的聲音，接著又昏睡過去。

昨晚的記憶就這麼多，早上起來後頸又痛又痠，他肯定自己是讓人打暈的。一早他就到老太太那兒閒晃，想找秋月問清楚，結果屋子裡的丫頭說秋月與柱子兩家這幾日要商量婚禮採辦，不在府裡。

他匆匆走了，也不敢多問，深怕引起懷疑。秋月有婚約他是知道的，昨晚偶遇秋月，也不過逗逗她，沒想對她怎樣，他雖好女色，可也曉得別人家的娘子沾不得，何況秋月還是奶奶房裡的丫頭，婚事也是奶奶親自點頭的，他有天大的膽子也不敢犯糊塗。

要想弄清楚真相，自然得問秋月，但他又不想登門造訪，萬一把事情鬧大就麻煩了，只是讓他不吭聲地吞下這悶虧，心裡又不痛快，就在此時，他忽地想到文丞佑與蒔香，說不定他倆知道什麼。

文丞薪抱著姑且一試的心態去找五弟，可人家還在宿醉，於是他轉而來找蒔香，卻沒想到這女人如此無禮。

「妳沒瞧見我怎麼倒下的？」他追問。

她搖首。「我到的時候你就倒在那兒了，我以為你喝醉酒。」

她說得合情合理，文丞薪也沒理由懷疑，可不弄清誰打昏他，實在不甘心……

心思一轉，他又想到個主意。

「妳去問秋月。」

「啊？」她訝異地望著他。

他把昨晚的事簡單說一遍，不過當然隱下自己調戲秋月那一段，只提他跟秋月話說到一半就不省人事，此事甚是詭異。

「你幹麼不自己去問她？」蒔香一臉嫌惡，要不是他色慾薰心，調戲人家小娘子，會讓人打昏嗎？

他一下又給激怒。「妳那是什麼表情？小心我讓婆子打妳板子。」

她賞他一個白眼。「你憑什麼打我？」

「就妳這態度——」

「我可不是你府裡的奴婢。」她提醒他。

「妳——」

「五哥。」文青靈一聲叫喊，打斷文丞薪的話語。

文丞佑正巧快步邁過院門而來，文青靈欣喜地上前，朝三哥與蒔香的方向望去，簡單對哥哥說了來龍去脈。

蒔香表情複雜地望著文丞佑。昨晚躺在床上，光是想著要怎麼面對他，就忐忑不安、無法成眠，不知該躲著他還是揪著他的領子問清楚他到底存的什麼心？沒想今天卻在這樣的情況下見面，真是始料未及。

「……我真怕他們打起來。」文青靈低語。

「沒事。」文丞佑安撫地拍拍妹妹的肩膀後，上前與兄長打招呼，眼神不經心地掠過蒔香，見她不敢與他對視，匆匆低下頭，似在害羞，他忍不住揚起笑。

「三哥。」

「五弟，怎麼了，走得滿頭大汗。」文丞薪調侃地看著他滿頭大汗，神情緊繃，他還沒見過文丞佑為何事急成這樣。

難道真為了她？

文丞薪匪夷所思地瞄向蒔香，見她低著頭，雙頰泛著一抹粉紅，他不自在地抖了下。還真奇事了，剛剛一個母老虎，如今竟成了嬌羞的小姑娘。

「三哥倒是稀客。」文丞佑沒回答他的問題，而是反問了他一句。

文丞薪一向有什麼說什麼，立刻道明來意。「我方才去找你，你還在睡，我就來找她了。」他以扇指著蒔香。

文丞佑蹙眉。「找蒔香？」

「他自己幹壞事，還想拖我下水，讓我當幫凶。」蒔香不客氣地說道。

「妳說什麼?!」文丞薪再次發怒，對著文丞佑噼哩啪啦就是一頓責罵。「你瞧瞧，每次說不到兩句就讓她氣個半死，搞不懂你看上她什麼了，這屋裡隨便哪個都比她好。」

文丞薪拿著扇子隨意指著海棠、桃花還有幾個丫鬟，一干人等有的窘有的羞、有的氣有的怒，扯上她們做什麼？

蒔香當即頂了回去。「我瞧著地上的螞蟻臭蟲也都比你好。」

「妳——」竟然拿他跟地上的蟲子比?!他幾時受過這樣的氣！

見三哥氣紅了臉，文丞佑忙要打圓場，文丞薪卻突然爆發出來。「妳個尖酸刻薄的臭娘兒們。」他一口氣沒忍下，朝蒔香撲了過去。

所有人都沒想到文丞薪會有此動作，連蒔香都疏於防範。

若是在村里對著悍婦鄙夫，她絕對是凝神戒備，可面前的人從方才進門至今，就是喚婆子打她，沒預料到他會親自動手，一時不察她才著了道。

當文丞薪腦子發熱，撲上來掐住她的脖子時，蒔香立即反應過來，還沒等一旁震驚的文丞佑出手相助，她本能地出手反擊。

一拳揮出，將文丞薪的臉頰從左邊甩到了右邊，還附帶噴出一道唾沫，接著抬腿踢上他胯下。

「啊——」

文丞薪的慘叫聲可說是直上雲霄，堪比晨叫的公雞，又遠又響亮。

這一驚天動地、鬼哭神號的嚎叫，把二房都給驚動了。

看著兒子臉腫了一邊，屈著身子哀叫，像是被踹得重傷的小狗，二太太的心都要碎了。

自小到大就是錦衣玉食，讓人捧在手心的少爺，雖然有些個不學無術、好色風流，可依照他娘的說法，這孩子本性不壞，就是性子軟，才讓那些個小人、妖媚子有機可乘……

「這女人實在太過陰狠，送官府去！」二太太指著站在跟前的蒔香，一張漂亮的臉蛋因為太過氣憤而扭曲。

蒔香沒看她，假裝懺悔地盯著地上，偶爾再露個害怕驚恐的表情。雖然她沒覺得自己做錯了什麼，但大太太說了，有些人是無法用道理講通的，既然要息事寧人，就得作戲。

想來二太太跟吳余嫂是一路貨色，不過這兒畢竟不是村子，她不能用她那一套解決問題，在別人的地盤自然得照別人的規矩行事。

廳堂裡，坐著大太太、二太太與大奶奶張氏及文丞薪的妻子三奶奶戚氏。雖然兩個媳婦都在場聽著，不過有長輩在基本沒她們插嘴的分。

至於傷殘患者已被抬回房歇息，他極力想為自己伸冤，無奈嘴被打歪，頰邊腫得半天高，加上鼠蹊不時抽痛，只能當戰場逃兵，虛弱痛苦地躺在床上呻吟。

「二嬸，為了這事鬧上公堂，小題大作了。」文丞佑蹙下眉頭。

「都讓她踢成那副慘樣了，還叫小題大作，難道得弄到絕子絕孫才不是小題大作?!」二太太怒聲道。

大太太望向弟妹，緩頰道：「丞佑不是這意思，是擔心上了公堂咱不只討不了好，還讓丞薪遭人議論，說他連個小姑娘都打不過……再說丞薪不是沒動手，他是先動了手後蒔香才還手打的，在律法上沒罪。」大太太又提醒一句。

「正是如此。」文丞佑點頭附和。「三哥先掐蒔香的脖子，蒔香才還手的。」

「這臭丫頭是你們的人，你們當然護著她！」二太太憤恨地瞪著蒔香。「就算不能押到官府，也得給我狠狠地打幾板子！」

因為答應大太太當個啞巴，因而蒔香一反常態，自始至終安靜地立在一旁，只是在聽到二太太想動用私刑時，還是湧上怒火。果然是母子，想的招都是一樣的，動不動就想打人。

「這不妥，蒔香沒賣身，是良民不是賤民，不能私自動刑，傳出去對府裡的名聲有礙，還得吃上官司。」大太太又道。

「那就這麼算了?!」二太太怒叫。

「我讓蒔香給丞薪道歉賠禮，看診跟藥費由我這兒支出。」大太太說道。

二太太冷哼一聲。藥費不過是小錢，難道她還會因為那一點錢被收買？她是一口氣緩不過來，想出口惡氣罷了。

雖然意難平，她也明白嫂子說的是，蒔香不是府裡賣身的奴婢，他們不能打殺，可趕出去還是行的。

「把她趕出去，我不想再看到這個人。」二太太冷聲道。

聽到這兒，蒔香真想回一句：走就走，當我稀罕？

可想到還得給弟弟湊學費，她一咬牙忍了下來。

「這……」大太太一臉為難。

見嫂子難做，她的惡氣多少出了些。人就是這樣，對方不痛不癢，她看著也不解氣，好比藥費，那對她來說連賠禮都稱不上，可一說把人趕出去，大太太跟五少爺都一臉不願、表情為難，如此才痛快解氣。

「弟妹不是不知道青靈如今還得蒔香幫襯——」

「再找個人就行了。」二太太打斷嫂子的話。

「蒔香是簽了約的。」文丞佑僵硬道。

「給錢把她打發就是了。」二太太嘴角一撇。

「契約訂了怎可隨便毀約？」文丞佑不贊同。

「你是怎麼回事？」二太太把怒火拋向他。「不為你兄弟說話就算了，還頂撞長輩——」

「丞佑，你出去。」大太太蹙下眉頭。

「母親——」

「出去。」大太太沈下臉。

蒔香偷偷瞧了文丞佑一眼，示意他還是走吧，就算晚輩再有理，遇上不講理的長輩也沒用，他的好意她明白，但他在這兒真的幫不上忙。

唯一慶幸的是文丞薪嘴痛、鼠蹊更痛，因此根本沒想到要跟二太太說文丞佑與蒔香有私情，否則還不讓二太太拿了把柄鬧上天去？

文丞佑面有不甘地望向蒔香，眉頭緊皺，最後在大太太的催促下，只能離開廳堂。

他前腳才走，二太太老調重彈，嚷著要把蒔香趕出去，大太太不停攔著，好話說盡，妯娌間不斷攻防，耗去不少時間，可二太太就是不肯讓步，不過火氣已經消散不少。

見時機差不多了，大太太長嘆道：「唉……罷了，咱們妯娌也不能為此傷了和氣，就依弟妹的意思。」

因這一來一往的對話，二太太的怒火得到發洩，表情和緩許多。

「妳覺得怎麼樣？把那沒教養的姑娘趕出去就是了。」她轉頭問兒媳戚氏。

戚氏恭敬道：「兒媳也認為這樣好。」

對於丈夫被打，戚氏自然生氣，不過沒自家婆婆那般雷霆大怒。昨晚丈夫被兩個婆子抬回來，叫也叫不醒，急得她夜請大夫來看診，只說無礙，昏睡過去罷了，至於為何讓人弄昏在園子裡，那得問本人。

早上一醒來，她關心地問了幾句，他不答不回，甩頭就走，戚氏一口氣憋著，差點沒昏過去。不過是前幾日把他幾個寵愛的通房丫頭發賣了，他便不依不饒，與她吵了一架不說，還給她冷臉看。

難道她一個正室沒資格把丫頭賣了？

要不是他見了女人就想沾，後院會讓他弄得烏煙瘴氣，說她善妒容不得人，也不想想他給過她什麼體面？

為了丫頭跟他甩臉置氣，她當家主母的面子往哪兒擱？

見他被打，她也心疼，可聽到張氏說文丞薪來找蒔香是為了秋月，怒火頓時把她的憐憫燒個乾淨。秋月是老太太身邊的丫鬟，還是有了婚配的，他也敢惹？他不要那張臉面，她還要。

最好蒔香那一腳把他踢個「不能」，以後也少了煩心事，反正兒子都生兩個了，不能了她還省心。

「蒔香。」

大太太的聲音將發呆的蒔香喚了回來。

聽她們兩個女人妳一句我一句，妳提槍我拿盾，攻攻守守、唇槍舌戰，蒔香真想大吼一句：「別吵！老娘不幹行了吧?!」

為免自己在疲勞轟炸中又做出什麼不理智的舉動，她早在文丞佑離開時也神遊物外，作起白日夢。

待兩個女人拍板定案後，她才回過神來，裝出痛苦又悔不當初的表情，好不容易把二太太給請走。

「蒔香，妳別怪我，我也想著留下妳——」

「我明白。」蒔香疲憊地搶白，老天，別再說下去了，她需要安靜。「是蒔香莽撞，給太太惹了麻煩。」

大太太見她垂手斂眉，沒了以前的活潑與朝氣，不由嘆道：「妳放心，書院的費用我還給妳留著，既是我們要解約，也會給妳些補償。」

「不用——」

「留著吧。」大太太打斷她的話。「下個月我還把青靈送去莊子，妳好好看著她，好不容易瘦了，可別又打回原樣。一會兒曉得妳要走，她不知要哭成什麼樣。」

蒔香靜靜聽著，大太太叨叨絮絮交代了一些話後，才讓她回去收拾行囊。跨出偏廳時，屋外的日陽正大，蒔香長長地嘆口氣，難掩內心的失落。好好一份差事卻讓她丟了。

走下曲廊，熟悉的一抹身影佇立在假山旁，她微笑朝他走去。

「你終於能擺脫我了。」她故作輕鬆地說道。

似乎料到了最糟的發展，文丞佑蹙著眉頭不發一語。

「你幹麼苦著一張臉？」蒔香扯開笑臉，內心卻是掩不住的惆悵與失落，但她不想在他面前擺出一副苦瓜臉。

這樣也好，她不用再去思考他是不是對自己有意，行為何以如此曖昧，更不用告誡自己與他劃清界線……

就算他有情又如何？兩人的身家是跨不去的鴻溝，她一直明白，否則又怎會輾轉反側。

現下好了，她再不用煩惱該怎麼辦，老天已經幫她作了決定，出了這個大門，兩人再無干係，他又即將出遠門，想來過不久就會把她拋諸腦後。

思及此，她再不想強顏歡笑，只道：「少爺保重。」

當她錯身而過時，他忽然扣住她的手臂。「蒔香。」

她仰頭望著他，不明白他還想怎麼的，事情都到這地步，再無轉圜的餘地了。

「妳……妳……」他有滿腹的話，卻不知該怎麼說。

蒔香扯著他的袖子，想質問他：你做什麼老是這般吞吞吐吐、不清不楚，弄得人心浮氣躁，你要真對我有意思，你就說。

這些話在她心裡打轉了許多日子，都要悶爛了卻依舊沒問出口，氣憤他畏畏縮縮沒擔當，可自己又好到哪兒去，每次想質問他，最後關頭又總是作罷。

他的躊躇與矛盾，不正是她的嗎？

他們都明白卻又放不下，就這麼熬著熬著，熬得心慌，可如今總算要告一段落了，她失落、惆悵，卻又有如釋重負之感，心底那塊黑壓壓的石頭，終於落地了，再不用提心弔膽、徹夜難眠。

「出門在外，你自己小心。」蒔香嘆氣。經此一別，他們應該不會再見面了。

他掙扎地想說些什麼，終究化為一句。「妳要好好照顧自己。」

她點點頭。「你也是。」

兩人皆是一陣沈默，過了一會兒，她才又道：「你三哥……我也不想下手那麼重，可反應太快……」

「我知道。」他與蒔香也是較勁過的，豈會不曉得她的能力？就像練武的人一樣，身體的反應是快過腦子的。

又是一陣沈默，蒔香忽地扯開笑，調侃道：「你拉著我我怎麼走？」她本是灑脫爽朗的性子，讓她站在這兒與他別離難捨、十八相送，她還真做不來，不如瀟灑道別。

「就這樣吧。」她扯開他的手，再不看他，邁步往前。

「蒔香。」他在原地喚了一聲。

她緩下腳步卻沒停，然後她聽見長長的嘆息聲。

「我不想委屈妳。」

她回過頭，不明所以。

他定定地望著她。「妳等——」

「蒔香。」文青靈從另一頭跑來。「怎麼樣了……」

文丞佑的話語消失在空氣中。

蒔香望著他，想追問他是什麼意思？她躊躇地轉身想問清楚，雙腳卻如千斤重……

「蒔香……」文青靈氣吁吁地跑到她身邊。「怎麼樣？」

蒔香將視線從文丞佑身上拉回，對文青靈露出一抹強撐的笑容。文丞佑立在原地，話語在喉間滾動，卻無法化為語聲。如同斷裂的琴弦，迸出最後一聲殘音，震得人心弦震動，卻再無續接的音聲，最終消散於空，歸為平靜。

第十章

「怎麼了？臉色這麼難看？」見兒子走進來，大太太放下手上的茶杯。

文丞佑搖頭。「沒什麼。」

雖然他嘴上這樣說，可畢竟是自己的兒子，她又怎會不明白？「你二嬸是個不饒人的性子，蒔香被趕也是意料中的事。」

早在二房的人來討公道前，她與丞佑就先知會過了，她會盡力保下蒔香，絕不讓二房動她一根寒毛，雖說對良民動私刑犯法，但人在氣頭上很容易做出不理智的事來。

她能保證蒔香不受皮肉之痛，卻無法承諾能保住蒔香的差事，雖說文丞薪動手在先，可如今躺在床上的也是他，哪個做母親的看著兒子受傷不會心痛，依二太太的個性絕不會善罷干休。

既然打不了蒔香又無法送官，也只能把她趕出去眼不見為淨。大太太就是摸透了二太太的個性，所以讓丞佑留下來適時插上幾句話，讓二太太認為大房看重蒔香，不願讓她走，這打的純粹是心理戰。

如果他們爽快答應二太太的條件，二太太肯定不解氣，還會找麻煩。要報復的時候當然是想奪走或破壞對方最在乎的人事物，如果對方淡定從容，就不叫報仇了。

為了取信二太太，她索性讓丞佑在場反駁幾句，她再表現出為難的模樣，跟對方作作戲，見火候差不多了，再為難地答應。果然，一切如她所料，水到渠成。

「都把最壞的結果同你說過了，怎麼還拉著一張臉？」文連氏問道。

蒔香在不在文府當差，不是文丞佑關心的點，他只是不曉得該怎麼對母親坦白……

「母親……」

見他欲言又止，大太太挑眉。「怎麼了，吞吞吐吐的？有什麼話不能說的。」

「兒子……兒子心裡有人了。」文丞佑不自在地說道。

大太太輕揚嘴角，假裝不知。「怎麼沒聽你提過？」

「本來想過些時候再提，但是……」他再次停頓。其實他想過好幾個方案，一是藉著出遠門的機會把蒔香跟雙胞胎都帶上，二是他上任時再帶她離開，三是讓她留在文府三年，待約滿後再稟明父母要娶蒔香。

但最後一個當下就讓他摒棄，三年時間太長，萬一殺出程咬金，比如八弟，那便得不償失。至於第一個方案卻是時間太過緊促，何況蒔香還得幫七妹減肥，他不好半路截人，沒準兒還會引起奶奶的注意。

他其實比較偏向第二個法子，先出遠門躲避母親跟奶奶想給他訂親的困擾，待半年後戶部任命下來，再回頭接蒔香。

可如今計劃都被打亂了，蒔香沒了差事自然得回村子，又走得如此匆忙，他有好些話都還沒告訴她……只是又能說什麼？讓她等他，告訴他自己要帶她走？那與私奔有什麼差別？

除了對她的名聲不好，將來雙胞胎若得了功名，也會讓人在背後議論，若沒得到雙親的贊同，說了又有何用？

但沒爭取過就讓他放棄又不是他的作風，他也不想將來後悔，事情都到這地步了，伸頭一刀，縮頭也是一刀，他不再躊躇，直率道：「兒子喜歡的人就是蒔香。」

文連氏揚眉瞄了兒子一眼，拉起嗓門，故意道：「你喜歡蒔香？上回我問你你怎麼說的，讓我別聽信胡嬤嬤的話，現在卻告訴我你喜歡的人是她？」

文丞佑臉色尷尬。「那時是怕娘為難蒔香，所以才……」

他本沒打算這麼早讓母親知道，原想利用幾個月的時間徐徐圖之，母親疼他，最多生氣罵罵他，磨久了就原諒他了，父親那兒好辦，當初大哥與洪姑娘的事，父親也沒反對，只是過不了老太太那關也無法。

大哥是長子，婚事作不得主，他是老二，老太太或許不會插手太深，到時再讓母親去磨合說項，包不準事情就成了。

對於兒子先前扯謊的事，文連氏也懶得追究，只是實話實說。「她的家世不行。」

「母親。」文丞佑忍不住上前一步。「孩兒又不需要妻子娘家幫襯什麼，妳不是一直問我喜歡什麼樣的——」

「老太太不會答應的。」她截斷他的話語。「你怎會如此糊塗？」

文丞佑沈默半晌才道：「兒子也想過放棄，只是怎麼都放不下。」

文連氏忍不住罵道：「我怎麼生得你們兩個兄弟，沒出息！」

他低頭不語。

「你有沒有想過蒔香的性子根本不適合嫁進來？不是文府把她拘死，就是她鬧得文府雞犬不寧。」她喜歡蒔香的性子，可也看得透澈，蒔香那樣不適合宅門深院，還不把她憋死？

文丞佑牙一咬，袍子撩開，雙膝落地。

「你這是做什麼？」文連氏驚訝地起身。

「兒子不孝，心裡有個主意，還望母親成全。」

✿　✿　✿

坐馬車進村時，小孩全都好奇地跑出來看，蒔香笑著同他們打招呼，給他們發糖，熱鬧得像是過年似的。

對於她突然回來，大夥兒先是嚇一跳，了解緣由後，堂兄說了句：「就知道妳這性子會闖禍，我們還想過妳哪天會被打斷手腳抬回來，現在手腳都還在，也不吃虧。」

她當下就給堂兄一記手刀跟一個大白眼。

堂姊蘭香則是安慰地與她說了幾句，剩下幾個小蘿蔔則是對她帶回來的各式禮物嚷嚷，小堂妹忙不迭地摸著上好綢緞，驚嘆道：「比我屁股還細！」

一群人笑得前俯後仰，蒔香心裡的惆悵與愁緒因此沖淡不少。

離開文府的時候，大太太給了她不少銀兩跟禮物，她私底下拿了一半給伯母，讓她給堂兄還有堂姊添些聘禮嫁妝。

伯母沈默半晌，才默默收下。伯母對他們三姊弟雖然一直不冷不熱，可從無打罵，也沒故意不給飯吃，對此蒔香一直感激在心，家裡最近支出頗多，她很高興能幫上忙。

至於雙胞胎，席式銓一貫地面無表情，席式欽則是十分高興，想著姊姊回來是不是表示不用去書院唸書了。

「別作夢了。」蒔香敲他的腦袋。「書院還是要去。」

離開文府時，文丞佑只讓她放心，雙胞胎進書院的事不會有影響，他會安排，她只能點頭，說些感激的話語。

沒想到他還記著這件事。她最在乎的便是弟弟的前程，有他的承諾她的心踏實了些，至於其他……再不去想，就當作了場夢，不管夢境是甜是酸，醒了，還得繼續過日子。

農家人都是如此，務實勤奮，不管遭遇什麼困難，生活多不順心，可早上一睜眼，還得幹活，不似大戶人家的小姐整日閒待在旁，才能相思成病，淚珠終日掛在頰邊。

蒔香天天早起幹活，讓忙碌佔據心底空空的一塊。日子總是要過，一天一天地，一年一年地，她想，總有一天，心底的空虛會盈滿，腦子裡的身影會淡去，像沙丘上的字，總有消散的一日。

✿ ✿ ✿

兩個月後

樹上的葉子慢慢從翠綠轉黃成紅，蒔香早晨起路過時就撿幾片楓葉當書籤，無聊的時候編個花草戴在老田的牛角上，晃悠悠地過日子。

前陣子為了堂哥的婚禮忙得腳不沾地，沒時間胡思亂想，如今閒下來，腦子裡的念頭一逕往上冒。

偶爾，她會望著遠方，想著文丞佑現在到哪兒了？是不是正快活著喝酒玩樂，把她給拋到九霄雲外去了？

接著，她就會生氣地撿小石子往湖裡丟，看石子濺起水花，再咚、咚、咚地往下沈。

文丞佑就像這些石子，攪得人心亂，最後卻一走了之。

「還是男人嘛，沒擔當。」蒔香臭罵一句。「把人的心攪渾了，就拍拍屁股走人，世上有這樣便宜的事，我那一拳一腳就該往他身上招呼，他比三少爺更壞。」

生氣的時候，她不會去想身家的問題、兩人間的差距，只是一股腦地發洩自己的不滿。

如果老田在這時哞哞地附和兩聲，就會得到她讚賞的撫摸，稱讚牠是天上元帥投胎，如此有靈性。

「第一眼見到他時，你就該用牛角頂他。」蒔香摸摸老田的牛角。

蘆葦叢裡幾個小身影伏著，其中一人說道：「阿欽，我看你姊的症狀越來越嚴重，是不是請隔壁村的王仙姑開個符水？」

「迷信。」席式銓冷冷地說了一句。

「就是，我阿姊好得很。」席式欽瞪了二狗子一眼。
「哪裡好？她成天跟老田講話。」
「齊老爺子不是也跟老田說話？」席式欽反駁。
「我阿娘說齊老爺子這有問題。」二狗子比了下腦袋。
「你討打是不是？」席式欽作勢要揍他。
二狗子訕笑道：「我就隨口說說，你生什麼氣？」
「你滾。」席式欽推他一下。
「讓我滾就滾，我算什麼？」二狗子挺起胸膛。「大丈夫豈能說滾就滾，是不是，阿銓？」
席式銓翻白眼，懶得回答。
席式欽又揍他兩拳，二狗子還手，兩人扭打成一團。
「你們是想被發現嗎？」席式銓瞪了兩人一眼。
席式欽放開二狗子。「我看還是找蘭香姊開導開導阿姊。」
「蘭香姊忙著繡嫁衣，哪顧得上。」席式銓搖頭。
阿姊若能說出來，他們還不會這麼擔心，偏她淨裝無事，可一轉身就見她若有所思，要不就是怔怔地發呆。

蘭香姊也問過，她拉起笑臉，嘴上說著：沒事、沒事，一轉身，她又走神。從小到大他們何時看過阿姊如此垂頭喪氣、滿腹心事？因為不放心，所以才左右不離地跟著。

也就一個人的時候，阿姊會罵上幾句，可過不久又開始嘆氣，弄得他們兄弟心神不寧。

最近她老往湖邊跑，但那兒淹死不少人，每年總有小孩在那兒泅水溺死，村裡的老人說湖裡住著水鬼，萬一阿姊被抓去就麻煩了。

「要不，我們去問問七姑娘，看她哥哥有沒有捎什麼口信回來。」席式欽說道。

阿姊回村後一個月，七姑娘又到莊子裡住，見到阿姊時還激動地哭了。文府的大太太給七姑娘請了個教養嬤嬤，大夥兒都叫她秦嬤嬤，聽說是文丞佑在京城尋的，覺著她脾氣好，有原則但不嚴厲，所以給妹子送來的。

席式欽發現當七姑娘提到文丞佑時，阿姊的眼睛就會亮一點，不再無神渙散。他年紀還小，對男女之情還懵懵懂懂，不過懵懂卻不是無知，他覺得阿姊是喜歡五少爺的，只是不明白阿姊為什麼垂頭喪氣，直到席式銓說了身家不配，他才恍然大悟。

「別院裡的小姐長什麼樣？」二狗子好奇道，他還沒見過大戶人家的小姐。

席式欽翻白眼。「兩個眼睛一個鼻子，都一樣。」

「豬也是兩個眼睛一個鼻子，難道你是豬嗎？」二狗子反駁。

「你欠揍是不是，我就把你打成豬頭——」

見兩人又開始鬥嘴打架，席式銓無語搖頭，目光不經心地掃過仍站在湖邊的阿姊，當他掃過另一邊的蘆葦時，雙眼驀地瞠大，無法置信地揉了揉眼。

「哞哞……哞……」

老田甩了下頭，走到一旁的小池塘喝水，耳朵搧呀搧地。

「你是不是嫌我煩？」

看著老田晃著尾巴走到旁邊納涼，蒔香揮動手上的蘆葦。

「哞……」老田揚頭叫了一聲。

她又好氣又好笑。「你也不耐煩我？我是找不著人說話才來找你……」

「哞哞。」老田轉開頭望向一處。

蒔香順著牠的目光看去，身子猛地一僵，定在原處。

她以為已經淡去、再不相干的人，就這麼出現在眼前。她錯愕地望著他，腦袋一片混沌，不明白他怎麼會出現在這裡？他不是在京城嗎？在某個地方逍遙自在……

文丞佑朝她勾起一抹笑。兩個月不見，他沒有太大的改變，只是皮膚曬黑了一點，瘦了一些。

「妳還是這麼有精神？」她方才的氣話他都聽在耳裡。

他的聲音也像以前那樣溫溫的、淡淡的，蒔香胸口一緊，衝口道：「你怎麼在這兒？」

她直率的話語及表情讓他湧起一股懷念。

「我剛回來。」他走向她。

一時間，蒔香不知該說些什麼。她一直以為不會再見到他了……然後，他又突然出現在面前。

「妳不高興見到我？」見她神色恍惚，神情複雜，他忍不住問道。

「不是。」話語衝口而出，他頓時勾起笑，眼眸是溫暖的笑意，蒔香面上一熱，暗罵自己嘴快。

察覺自己的心情跌宕起伏，她不期然地升起一股警戒。不行，她不能如此受他影響，當初他就是這樣一步步讓自己落入進退兩難的境地，好不容易才自流沙中脫身，她不能再放任自己……

「你別再來招惹我。」她轉過身不看他。「你走吧。」

「為什麼這麼說？」

「你明知故問。」她轉過身，手上的蘆葦往他身上抽。

蘆葦打在身上並不怎麼痛，他也沒躲，就讓她發洩地打了幾下，知道她心裡委屈。

見他動也不動地任自己抽打，蒔香反而驚訝地停住動作。「你怎麼了？摔壞腦袋了？」

他笑道：「我讓妳出氣妳不高興？」

他露骨的話語讓她雙頰更紅。「你出遠門就學了怎麼跟姑娘調笑？」她氣得又背過身。

「妳冤枉我了。」他苦笑地轉過她的身子。「妳別亂動，先聽我說。」他扣住她的肩膀。

「妳還肯幫我做飯嗎？」他又問。

她狐疑地望著他。怎麼又提這事？她狠下心搖頭。「你別再說這些動搖我的話了，我們是……不可能的。」

「如果可能呢？」他追問。

她搖頭。「你別哄我。」

「我不是哄妳，只要妳點頭，我們就走。」他的眼睛閃著熱切。

「走？走去哪兒……你的任命下來了？」她問。

他頷首。

「不是要半年嗎？怎麼……」

「我請大哥幫忙，說我想到偏遠點的地方。窮鄉僻壤的地方沒人想去，既有人請願，戶部也樂得做個順水人情。」

她驚訝地望著他，不明白他的用意。

他的手至她肩上下滑，突地握住她的雙手。「我得在那兒待上三年，聽說西南瘴氣重，很容易水土不服，要是我在那兒生了病，還得有人照顧。」

他的雙頰越來越紅，眼神卻是堅定，與以往的躊躇與猶豫大相逕庭。「妳願不願意到那兒照顧我？」

話畢，她的臉也同他一樣泛起紅暈，一句話都說不出來，羞得要甩手，他卻緊握不放。

「妳放心，我已經稟明母親。」

「什麼？」她一呆。

「我只是想讓妳安心，我不是胡來的，不是讓妳沒名沒分地跟著我。以前我不敢同妳說，是因為沒把握，怕害了妳。」他解釋。「但少不得還是要委屈妳。」他的表情有些不自在與愧疚。

蒔香原本聽著歡喜，可聽到委屈二字又如一盆冷水澆下。「什……麼委屈？」她的心提在半空。

「妳得跟著我在外頭吃苦。」他擰眉。

她鬆口氣，不假思索道：「吃苦算不了什麼。」

待文丞佑露出一臉欣喜，蒔香才意識到自己說了什麼。她怎麼一點矜持都沒有？

「我……我是說我還沒答應。」她急急掩飾自己的困窘。「我說得太快了，我還沒想明白呢。」

文丞佑笑容依舊不減。「妳沒想明白什麼，我與妳說。」

「唉呀。」她心慌地甩著他的手。「你放開，讓我想想。」

「蒔香……」

「你母親真的答應了？」她脫口問道，還是感覺不真實。

他頷首。「母親早曉得我們的事，只是……」

「只是什麼，怎麼話老說一半。」她心急地跺了下腳，忘了方才還叮囑自己要矜持些。

他擰下眉心。「祖母那兒還得磨上一段時間。」見她表情黯淡下來，他忙又說道：「不過我有法子。」

她狐疑道：「什麼法子？」

他神情尷尬，支支吾吾說道：「過……過幾年就好了……等我們……嗯……」

「你講什麼呢，不清不楚的。」她嗔道。

「反正妳信我，只要妳不嫌棄跟著我吃苦，事情終會好的。」他紅著臉，雙手緊緊握著她的。

「你弄得我昏頭轉向的……」

「妳信我一次。」他軟下聲音。「半個月後我就得上路了，到時來接妳跟雙胞胎，和先前一樣，就說妳不放心兄弟去書院唸書，所以跟著去照應，順便當我的廚娘，合情合理，沒人會說閒話的。」

聽到去照顧雙胞胎，順便當他的廚娘，她的心定了一些。是啊，雙胞胎都還小，她得跟去照顧他們才行，廚娘只是順便。

「若不是事情都有譜了，我不敢同妳提的。」他定定地望著她，一臉堅定。

她的心怦怦地撞著胸口，想答應又怕受傷，他雖說得信誓旦旦，萬一最後兩人仍是竹籃打水一場空，她還得再受傷一次。

但若拒絕了，她曉得自己定要後悔。她一向是抓住機會不放的人，連嘗試都沒嘗試，不是她的作風。

但她還是不放心……掙扎道：「大太太真的答應了？」

她再怎麼勇敢，仍舊有底線，絕不能落得姑娘家自個兒往上勾搭的名聲，她有勇氣，卻不能沒骨氣，起碼大太太與大老爺得同意，否則她一個姑娘家急巴巴地貼上去，還不讓人笑話，雙胞胎怎麼抬頭做人？

文丞佑明白她的顧忌，斬釘截鐵道：「我已經稟過雙親了。我不是只顧著自己好的輕浮浪子，妳知道我的……我一直不敢對妳太過放肆。」

聽見這話，蒔香安下心來。除了喝醉酒那次外，他一直很守禮，正因為他曖曖昧昧的，所以才讓自己生氣，原來他一直為她想，沒有家人的首肯，他不敢信口開河給她承諾。

她低下頭，支吾道：「我明白了。」

明白了是什麼意思？他追問：「妳答應了？」

她不說話，只是盯著地面。

「蒔香……」他焦急地追問。

總算，她點了點頭，耳背通紅一片。

他的心頓時讓歡喜溢滿。「蒔香、蒔香……」他猛地將她拉入懷中，內心激動，幾乎說不出話來。

蘆葦叢裡，三個少年吃驚地望著眼前這一幕。

「他怎麼又來招惹阿姊，還敢抱人，我去揍他！」席式欽怒氣沖沖。

「先等等。」席式銓拉住他。

「還等什麼，再等生米都煮成熟飯了！」二狗子叫道。

「你說什麼?!」席式銓斥喝一句。「你敢破壞阿姊的名聲，我讓阿欽把你丟進湖裡。」村子就那麼小，若傳出什麼難聽的話來，阿姊怎麼做人？

席式欽立刻摩拳擦掌。

二狗子趕緊道：「你當我放屁，我哪敢亂說。」他也不懂什麼叫生米煮成熟飯，不過是聽母親還有鄰人說嘴，想著是不好的話所以拿來湊湊，誰曉得那麼嚴重。

就在三人爭執的當下，蒔香的笑聲忽然蕩漾開來，三人凝神看去，就見文丞佑抱著阿姊轉了兩圈。

「糟糕，阿姐中了美男計。」席式欽焦急地跳了出去。「放開我阿姊——」

正沈浸在喜悅中的兩人，忽地聽到蘆葦叢裡傳來一聲斥喝，隨即看到三個身影在蘆葦叢中奔跑。

蒔香羞窘道：「快放我下來。」這模樣讓兩兄弟看到，她以後還有什麼威嚴。

文丞佑有些不捨，心不甘情不願地將她放下。

「你來做什麼？」席式欽衝上來，把文丞佑推開。

「阿欽。」蒔香敲了下他腦袋。「你幹什麼，竟然躲在草叢裡？」

「我們是擔心妳。」阿欽痛呼地摸摸頭。

「擔心我？」她倏地明白了，這些日子自己反常的行為定讓他們很擔心。「阿欽……」

「五少爺找我阿姊何事？」席式銓問道。

見兩個小子一臉戒備地望著他，文丞佑恍然大悟。「放心，我不會害你們阿姊的。」

席式銓挑了下眉，很快掌握他話語中的意思，席式欽還丈二金剛摸不著頭緒。

「你還說不會害阿姊，那阿姊回來後這麼陰陽怪氣，茶不思飯不想的……」

「席式欽！」蒔香羞惱地揪住他的耳朵。「閉嘴。」

「喔……痛痛……」

二狗子則在一旁偷笑。

「走吧。」席式銓對二人說道。

「走，去哪兒？為什麼要走？」席式欽嚷嚷。「憑什麼我們走，要走的人是他！」

「好了你。」席式銓拉了下他的手，喝道：「用點腦袋行不行？」

「你什麼意思？說我腦袋不好嗎，就你一個人聰明——」席式欽怒道。

席式銓拉著弟弟，一邊叫上二狗子幫忙，總算把人給請走了。

文丞佑嘆道：「妳這弟弟也太精了。」

聽到他稱讚席式銓，蒔香一時忘了尷尬，高興道：「阿銓是全村最聰明的。」

見她一臉得意，他忍不住想逗逗。「方才阿欽說妳茶不思飯不想——」

「他胡說！」蒔香頓時像暴怒的小貓，急得截斷他的話。「我吃得可多了……」

見她氣急敗壞地解釋自己成天大吃大喝，還養了些肉，他越發笑得厲害。

待她氣得又拿蘆葦抽人，他索性一把抱住她，將暴躁的人兒圈在懷裡。

在外頭的這兩個月，他時不時就想起她，如今總算都圓滿了……

「我倒是想妳想得瘦了。」

炸毛的小貓兒一下安靜了，在他懷裡僵著不敢動，耳朵又紅了，旋即不知是氣還是羞，拳頭在他背上打了兩下。

早被遺忘的老田，哞叫兩聲，靜靜地走了開去。

文丞佑低下頭，就著蒔香緋紅的耳朵又說了幾句思念的話語，她羞得直往他懷裡鑽，惹得他悶笑不已，心裡泛起絲絲甜意。

湖面隨著清風泛起陣陣漣漪，一圈接著一圈，層層向外擴散，蘆葦搖擺著，遠處開著五顏六色的花……

文丞佑深吸口氣，空氣裡的清新挾著懷中人兒的香氣，令他笑容滿溢，一切是如此美好而寧靜。

終曲

知了在窗外叫囂著，屋裡的熱氣使人汗流浹背，文丞佑躺在竹蓆上卻感覺不到一絲涼意，只覺昏昏沈沈的，身體又熱又冷。

呢喃了幾聲後，一股清涼立時自額頭沁入，驅走了腦內的混沌與沈重，他眨了下眼，喃道：「蒔香……」

「我在呢，來，喝點水。」

甘甜的山泉水自口中滑入，身體內的火很快獲得舒緩，瞅著熟悉的臉蛋與大眼睛，文丞佑輕聲道：「辛苦妳了。」他握著她的手。

「知道我辛苦你就快點好起來。」她將水杯放到一旁。

他微笑地望著她擔心的臉龐。「不過是受了熱氣，妳別擔心。」

西南的夏天可真是熱，瘴氣又重，不過出去曬了兩天就病倒。他們剛來時已近冬，沒有水土不服、傷風受涼，沒想一進溽夏，倒把他折騰個夠。

「一會兒我給你煎個土方子，是布大娘告訴我的，包你立馬像水裡的魚兒翻騰起來。」她說道。布大娘是她在這兒認識的魚販，個性豪爽與她脾性相投。

他笑道：「只要不翻肚，怎麼都好。」

她瞪他一眼。「什麼翻肚，難道我還能毒死你？」

「妳可不捨得。」他笑咪咪地說。

她臊紅臉呸他一口，原以為他是個正經規矩的少爺，這半年她可見識了，什麼話都說得出口。

布大娘說得對，管他是皇子皇孫、王公大臣、富貴俊少還是黎民百姓，男人骨子裡就是色性難改。

「妹子妳聽我說，只要把男人那點心思摸透了，包準他服服貼貼的，以後你們倆成親了，大娘教妳個十招、八招，讓他上了床就不想下床……」

蒔香摀著耳朵不敢再聽，這兒民風開放、百無禁忌，饒是她這般活潑大方的都招架不住。

在這兒雖然清苦些，不過她全無不適應，基本上他把家都交給她打理，他管外她理內，對外人便說她是他未過門的妻子，初初聽到時，她羞得說不出話來。

來西南的路上，他把心裡的盤算都跟她說了，待定下來後，他就去信給父親，讓他來西南一趟，之後再籌備婚禮。有長輩在，他們二人成親便算是名正言順。事成之後再稟明祖母，簡而言之就是先斬後奏，有父親主持婚禮，他倆便不算私訂終身，若祖母問起為何如此倉促成婚，便說他在西南病了幾次，都是蒔香親自照顧。

接著，再加油添醋說西南部落的首領有意把女兒嫁給自己——這點倒是事實，祖母一聽必然不肯，他們文家怎能娶蠻夷之女？母親再接著說：「老爺到了那兒，見情勢不對，為避免夜長夢多，便作主讓丞佑娶了蒔香。」

即使祖母不高興又能如何，兒子媳婦說得句句在理，娶個窮人家的女兒，總好過娶個野人回來，孫子遠在西南，鞭長莫及，她就算想管也管不著。

雖然給祖母下套著實不孝，但也沒別的更好的辦法，父親只答應來主持婚禮，那些個彎彎繞繞要騙老太太的話，他可不幹，吃力不討好的工作還是得落在母親身上。

「若不是母親疼我，我們大概……」

文丞佑沒有把話說完，但蒔香明白他要說什麼，若不是大太太肯幫忙，他們倆是絕無可能的，她心裡感激得說不出話來，想著以後定要好好孝順大太太。

「我們在外頭多待幾年，等孩子都生了再回去，祖母瞧在曾孫的面上便不會為難妳。」

蒔香聽著前頭還感動地紅了眼，他接著一句話就讓她羞得打人。

她曾問過他喜歡自己什麼，他笑笑地說：「妳是挺扎手的，可總是精神奕奕的，活潑有朝氣，讓人看著心情就好起來，糟心的事都丟到腦後。」

「就不覺得我蠻橫？」

「是挺蠻橫，偶爾又無理取鬧，可不是不能說道理的人。」

前面聽著還高興，後面她又皺眉了，怎麼聽都不像好話，不過她也不計較了，因為自己喜歡他，不也是挺奇怪的嗎？

以前她總認想著自己會嫁個莊稼漢，沒想卻要嫁進高門大戶，想來就怕，可有他在，她又覺得好些。

她一直覺得他脾氣好，男人像他這樣有度量又能包容她的可少了，像三少爺與她就話不投機，說不到三句就吵。

母親說過若遇上一個能包容她性子的，那可是她上輩子燒得好香，左右得抓牢了，不能鬆手，她記在心裡，牢牢把他抓著。

「阿銓他們明天該回來了吧？」文丞佑問道，兩兄弟在隔壁縣的書院進學，隔幾個月就有假能回來。

「算日子應該快到了。」想到能見到弟弟，她就掩不住笑意。

沒想話語才落，外頭就傳來嗆呼聲，接著便是熟悉的大嗓門。

「阿姊，我們回來了，我在路上打了隻雁，給妳進補。」

「大熱天的，進什麼補。」另一個冷冷的聲音也隨之響起。

蒔香驚呼一聲，開心地衝了出去。「你們怎麼這麼快就到家了？」

「我們坐大馬車回來……」

文丞佑移動身子，穿上鞋履，微笑地聽著外頭三姊弟打打鬧鬧的話語。

沒一會兒，蒔香如同旋風般又闖進來，責怪道：「你怎麼起來了，快躺著。」

她關心的話語讓他心裡暖暖的。「也不是什麼病，起來還涼快些。」

「姊夫病了？」席式欽嗆呼著走進來。

一聲姊夫叫得文丞佑舒坦，卻讓蒔香跺腳，他們還沒成親呢，他就張口亂喊。

「你……你說什麼呢！」

「什麼？」席式欽一臉困惑。

「你……怎麼就沒長進呢你！」蒔香打了下他的頭。

「還打我，我都大了。」席式欽跳到一旁。

席式銓懶得理他們，自顧自地坐下給自己跟文丞佑各倒了一杯茶。

蒔香與席式欽在屋裡追著，文丞佑喝口茶，微笑地看著兩人追打。在文府是不可能看到這樣的景象。

「功課可有問題？」文丞佑問道。

席式銓點了下頭。「夫子出了一道題目……」

文丞佑專心聽著，時不時點撥他幾句，蒔香猛地一撲抓住弟弟，給他撓癢，一邊看著文丞佑與席式銓說話。當初跟著文丞佑走時，她有過猶豫，也怕自己作錯決定。

蘭香要她想清楚，連伯母都勸了她幾句，終究還是不能改變她的心意，她也擔心害怕，怕他終究要辜負自己，如今，她很慶幸自己憑著一股傻氣點頭了。

文丞佑老擔心委屈自己，其實在這兒才快活呢，她寧可跟著他在窮鄉僻壤的縣道當官，也好過關在文府的宅子裡，只要他們四人在一起，就是個家。

她笑著鬆開弟弟，待他跳到一旁後，再張牙舞爪地追著他跑。西南的天氣熱得人直冒汗，但對她來說，卻是再舒適不過了。

——全書完

後記

淘淘

如果是我的老讀者，一定曉得我設定的故事總是很容易走歪，每每走到另一條岔路上去，我常在後記提到這一點，所以讀者應該不陌生，毫無意外地，這本也發生了同樣的事。

原本劇情設定如下：女主是個想法異於常人的奴婢，把主子家當自個兒家，還把主子送的東西蒐集起來，開了家舊貨店，最後被憤怒的少爺抓包的故事。

我承認，你現在看到的這本內容跟原先設想的差了十萬八千里，連書名都因此成了受害者，實在太對不起大家了，為了致歉，我還是會把奴婢開二手雜貨店的故事寫出來，哈哈……我自己想想都覺得好笑。

這本書的女主角蒔香雖然在廚房幫忙，手藝也不錯，但我沒讓她在書裡煮半道菜，主要是蒔香的背景跟《娘子上菜了》的陌青禾有些類似，都是村子裡出來的，為了避免劇情主線太過雷同，所以刻意不讓她在廚藝上發揮。

其實我挺想再寫個廚娘的，但言小的限制實在太多，寫做菜也不能盡興，還是罷了。

至於男主角文丞佑是我很少寫的一種男主角，他比較循規蹈矩，又受制於大家族出身，行事風格比較拘謹，講究禮法，沒辦法發揮男主角該有的霸氣，不顧一切地帶女主脫離家族，遠走天涯。

偶爾寫寫這種男主角也挺有趣的，既然他無法顯露霸氣，那就只好由女主角擔當了，哈……

天氣越來越熱了，苦悶的夏天即將來到，大家好好保重身體，下次聊，拜拜。

不管是傻傻愛、偷偷愛、狠狠愛……
有愛就要大聲說出來！

季葒

橘子說 1007 《不要偷偷愛》【遠距離愛戀 2】

呃……這個清豔而迷人的東方女人也太奇怪了吧！
明明素不相識，怎麼她看他的眼神如此激動還眼眶含淚？
雖然常接收到女人的愛慕目光，但這麼戲劇化卻是頭一遭，
這讓個性冷漠的傅毅烈那少得可憐的好奇心被勾起了……

請勿錯過：【遠距離愛戀 1】— 橘子說 998 《悄悄上了心》！

最in新作

《橘子說系列》785 愛情一回生二回熟 · 960 聖誕奇遇 · 966 大小姐的反擊 · 989 老婆手到擒來 · 998 悄悄上了心 · 1007 不要偷偷愛

淘淘

機伶小姑娘、正義大捕頭，因緣際會湊在一起；
她想「改邪歸正」走公家路，
他發誓絕不讓她污了衙門重地，
看來這段鬥智鬥勇鬥心計之戰，
說有多「慘烈」就有多「慘烈」……

花蝶系列 1515

《姑娘辣翻天》

俗話說：男怕入錯行，女怕嫁錯郎，會不會嫁錯她不曉得，
但入錯行倒是十分肯定，師父交代的事，她總是陰錯陽差辦成，
做事不太牢靠，可她也實在無法，誰教她就是沒什麼才能，
比起其他師兄姊弟，她只有見機行事、善觀臉色強了點，
好在這次師父只要她去當護衛，保護大戶人家的小姐，
如此涼差正合她意，但這半路殺出來的洛南城捕頭樊沐云好麻煩啊！
他渾身正氣凜然，性子剛毅，路見不平必定拔刀相助，
他倆應是陽關道與獨木橋，八竿子打不著，偏偏他特別盯著她，
活像她多會惹麻煩，真是大人冤枉哪～～她只是奉命行事，
誰知事又生事，他們不得不兜在一起，也不是她的錯啊……

他出自皇家，心思深沈、果斷狠絕；
她出自山林，樸實單純心很軟。
他眼裡無她，可她卻注定是他唯一的救贖……

驚豔江湖之作

【如花似玉】完結篇

《彼翼雙飛》

采花系列 1151〈上集〉

他曾有過盼望，但一道聖旨毀了他原本擁有的一切，
他曾有過柔情，但愛人的移情別戀澆熄了他心中最後一簇火苗。
抄家滅族、削髮為僧、趕盡殺絕，公子光環不再，
宮熙禛從丞相家的天之驕子成了奉旨出家的僧人承恩，
苟且偷生、傷痕累累，仇恨已征服了他的心！
青燈古佛的背後隱藏著皇家的陰謀秘辛愛恨情仇，
怨蒼天無情，椎心刺骨的痛讓他立下毒誓，
願捨去俊美的皮相，化身阿修羅，回到人間掀起一場腥風血雨……

采花系列 1152〈下集〉

戚瑤光曾見過他，當他還是高高在上的丞相之子時，
那時的他有著無憂的笑容，是個頑皮的官家貴公子，
誰料得到如今他會病入膏肓——
歷經重重劫難，他像是處在地獄的惡夢中醒不來，
仇恨令他眼盲心枯，笑容不再，令人畏懼。
醫人易，醫心難！
縱使她是個女大夫，也對他束手無策……

二〇一二最精彩的古裝好戲

沒有譁眾取寵，只有驚濤駭浪、款款深情……

＊隨書附贈**東方月封面畫卡**，
上下集不分售，訂價380元，
一般會員八折，橘子會員七五折

狗屋出版社 台北市104龍江路71巷15號 網址：love.doghouse.com.tw
電話：(02)2776-5889 傳真：(02)2771-2568 總經銷◎知遠文化 電話：(02)2664-8800

狗屋出版社 台北市104龍江路71巷15號 網址：love.doghouse.com.tw
電話：(02)2776-5889 傳真：(02)2771-2568 總經銷◎知遠文化 電話：(02)2664-8800

果樹出版社　台北市中山區104龍江路71巷15號　網址：love.doghouse.com.tw
郵撥帳號：19341370　電話：(02)2776-5889　傳真：(02)2771-2568

三高剩女大會串，巧計馴服不羈男！
搶愛勾情，只為覓得真愛伴我行！

慧黠妙女郎
陶樂思

橘子說全新系列【三高女大作戰】，癡情剽愛三部曲！

之一．橘子說 1006

《痞子男，束手就擒》

盛暑最佳愛情妙方——腎虛腿軟只為愛瘋狂！

夜正酣情如火，交纏的身軀正纏綿之際，「喀」的一聲！
薛宸淏腰間鬧疼，俊臉僵住冷汗直飆，莫非……閃到腰。
聽人家說，腰出問題是腎虧的前兆……Oh，My God！
這教他以後怎麼展現男子雄風，如何翹首「做」人啊……

萬禮棻看診時內心驀地湧現一股衝動，想從他頭上巴下去。
讓他伸舌頭確診，竟回說害羞，又不是脫褲子，害羞個鬼？
這傢伙一進門就把她當菜鳥醫生，又擺出翩翩風流鬼模樣，
簡直自負過了頭，鬧腰疼是吧，看她怎麼整得他欲哭無淚！

炎炎夏日，瞧貪歡耽溺花叢的薛宸淏，如何因愛腎虛又腿軟；
看氣質佳人萬禮棻如何妙手回春，帖出一張張獨家治痞妙方。
慢火熬煮，藥到病除，輕輕鬆鬆擒得痞子男獻愛終生死無悔！

敬請癡心期待—— 之二．橘子說近期

《負心漢，好膽麥走》

陶樂思作品集

《橘子說系列》 804 前夫的誘惑．815 結婚好福氣．826 分居不簡單．834 極品少東的花蝴蝶．845 火爆型男的冰淇淋．890 熱血人妻一把罩．903 秒殺極品金龜婿．913 網住稀有小狐狸．925 野獸派妻奴．929 偷心硬漢．944 囂張美男．956 寶貝妳不乖．967 不做你的公主．981 套牢草食男．993 蹺婚小女人．1006 痞子男，束手就擒

《采花系列》 1390 我愛熊爸爸．1400 招惹壞傢伙．1412 男傭騙很大

【渭城曲】之二・橘子說 1005

掠妻《下》

「還有妳在，雁回，只要有妳，我就不疼。」
那個男人，曾經在情深繾綣時如此說，她也答應了；
他交代過的，她絕不違逆，總順著他，聽他的話，
只因他是她的主子、她的天，是拯救她於水火的恩人，
更是她年幼時唯一碰觸過的良善之光，
即便知他無意，她依然渴望親近，藉此取暖，也因此，
更想遠離另一個與自己本性極為相近的男人——
每次見到他，她總能立刻辨出雙生兄弟的不同，
一個極好，一個極惡，而惡的那個也以欺她鬧她為樂；
對主子有多少的尊敬、愛慕，對他便有多少的冷淡，
她不願接近他，但命運似乎偏要拉近他倆，
教她掙脫不了那宿命般的糾纏牽絆，才知道，
對她說出那句話的男人，其實並非她心中的那個……

狗屋出版社 台北市104龍江路71巷15號 網址：love.doghouse.com.tw
電話：(02)2776-5889 傳真：(02)2771-2568 總經銷◎知遠文化 電話：(02)2664-8800

容貌能欺人，
有些事物卻是欺不得、取代不了；
他想成為她心上的那個人，
莫非必要抹去自己、賠了性命，
竊一時幸福，然後，傷一輩子的心……

樓雨晴

【渭城曲】之二·橘子說 1004

掠妻《上》

天底下，有誰是真的重要到取代不了？

古之禁忌，天無雙日，家有雙生子，必是災難開端……
呵，說得沒錯，雙生兄弟真如家族不能言說的詛咒，
兄長受盡家人寵愛敬重，而他，卻成了魔，不是好人，
尤其當他遇上了傾盡一切心力也要得到的女人——
她生得極美，芙顏似雪，只可惜冷若冰霜、沈默寡言，
以及，她心裡眼中只有貴為慕容家主的兄長，無他；
為了換她一個回眸，真真切切看著自己一次，
他賭上性命、背叛親情，只願真的走火入魔了，
便能偷得她的人、她的心，嚐那魂縈夢牽的幸福；
他明白，手上的幸福是竊來的，遲早要還回去，
可他不怕死，只怕她冰冷的眸中再也無情，
怕自己用盡心機，也取代不了另一個男人……

＊《掠妻》上+下隨書附贈
平凡·淑芬繪製封面畫卡，
共有兩款，美到不行～～

2012年

狗屋家族 紅利積點禮 汰舊迎新

橘子會員 點數成金！

言情專賣店24h營業中，
上網買書不論新舊書籍、折扣多少，
紅利積點送送送～～

好禮換換愛More Selections→

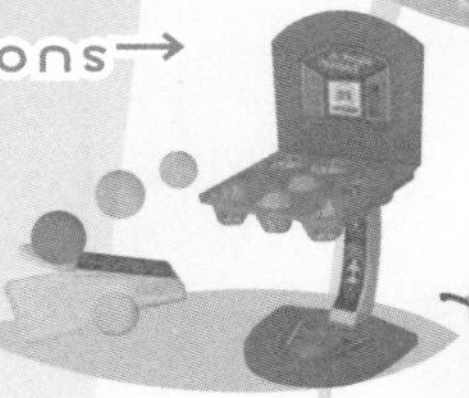

- ㊣ **10** 點→ 2色叮噹貓手機吊飾
- ㊣ **15** 點→ 趣味籃球九宮格
- ㊣ **20** 點→ 續會員卡一年或加入橘子會員一年
- ㊣ **30** 點→ 可獲得180元紅利金
- ㊣ **50** 點→ aibo 坦克ATM晶片讀卡機
- ㊣ **100** 點→ 可獲得600元紅利金
- ㊣ **200** 點→ 7-11禮券1000元
- ㊣ **300** 點→ 大同10人份電鍋
- ㊣ **400** 點→ Samsung C5180 大面機 3G 直立式手機
- ㊣ **500** 點→ Nikon COOLPIX S2500數位相機

※ 禮物顏色以實物為準

加入橘子會員辦法

上狗屋網站購書積點，滿**100**元積一點
(Romance Age大放送，只要滿80元就可積一點)
累積滿 **20** 點可加入橘子會員(金額未滿100元，不列入計算)
直接在網站上加入、續卡，不再另外郵寄實體ID卡。

橘子會員獨享好康

1. 首次加入會員，帳戶裡立即贈送**50**元紅利金(可扣抵書款)。
2. 網站上購書，紅利禮物大放送。
3. 橘子家族family day→會員獨享專屬最優惠折扣日。
4. 整年可享網上購書、周邊產品(海報、環保袋等) **75** 折之最優惠特價。

注意事項

☆ 紅利金可扣抵書款，每次扣抵購書金額的20%。
☆ 紅利金只可以用在狗屋網站，不得轉換為現金。
☆ 只有積滿30、100點，可分別獲得180元、600元紅利金，
其餘積點贈品皆不可兌換成紅利金，如不喜歡該獎品請繼續往下累積。
☆ 紅利點數可至我的帳戶查詢。
☆ 一次只能兌換一種贈品，並與訂購書籍一起寄送。
☆ 紅利積點禮物若更換完畢會換上等值禮物，不做另行通知。
☆ 請注意橘子家族family day的公佈日期。

狗屋．果樹有權修改優惠活動的實施權益及辦法。

PUPPY
夏季High翻天〈初夏篇〉

D o g h o u s e X P U P P Y

*6*月，空氣中散發著微熱氛圍，
心跟著微動起來，
在對的時間，找到對的人，
談一場對得起自己的愛戀！

【戀愛小叮嚀】
南風吹人醉，
戀愛季節開始了，
心動就要馬上行動，
千萬別想耍花樣，
耍曖昧只會讓妳錯失良機，
勇敢告白大聲說愛你！

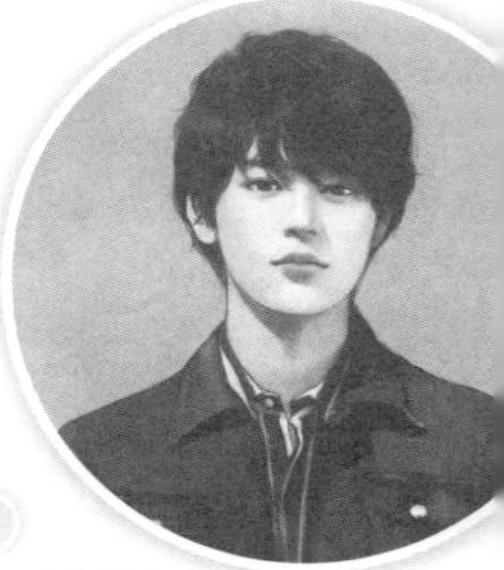

NO／327
不要愛上我……………**子　澄** 著

NO／328
不要對我耍花樣……**棠　霜** 著

NO／329
老師不要耍曖昧……**夏喬恩** 著

NO／330
不要、不要忘記你…**路可可** 著

6/15心動初識
單本49元，**預付6本269元**

萊爾富

優質好禮，最後機會！
凡購買puppy**307～330**(共24本)，每本書中皆附有**截角印花**，
剪下任**7枚截角**，在2012/**08/31**前附回郵30元寄至
狗屋出版社，你就會收到可愛又實用的
狗屋家族木質印章組(市價100元)，
送完為止，兌換請早！

免費送

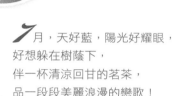

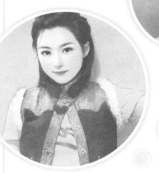

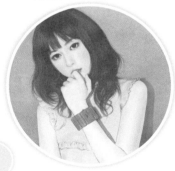